CARAMBAIA

o últim

uma   narrativa

ricarda

tradução   karina   jannini

o verão

epistolar de

huch

posfácio juliana brina

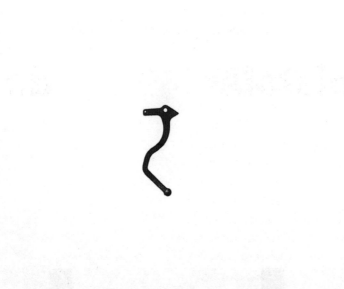

Liu a Konstantin

Kremskoie, 5 de maio de 19_.

Caro Konstantin!

Tomei posse do meu cargo e quero lhe relatar como a situação se apresenta. Não tenho dúvida de que terei sucesso em meus projetos; as circunstâncias parecem até mais favoráveis do que se poderia supor. Minha personalidade desperta simpatia em toda a família do governador; de desconfiança não há o menor sinal. No fundo, é compreensível; afinal, apenas nós, que estamos a par da situação, poderíamos temer o contrário. Se o governador andou colhendo informações a meu respeito, elas não chegaram a me prejudicar. Desde a escola primária até a universidade, meus boletins são impecáveis, e a única coisa que poderia depor contra mim, o fato de eu ter me desentendido com meu pai, perde força em razão de seu temperamento autoritário e excêntrico, conhecido de todos. Mas não creio que ele tenha feito isso; o homem é tão sem desconfiança que, em sua condição, seu comportamento beiraria a ingenuidade se não estivesse, antes, relacionado a seu destemor e a seu julgamento incorreto das pessoas. Além disso, minha contratação parece ter sido inteiramente obra de sua esposa, que, medrosa por natureza, desde que recebeu a carta ameaçadora não pensa em outra coisa a não ser em como proteger a vida do marido. Desconfiança é algo que tampouco faz parte de sua natureza. Se por um lado fareja perigos impossíveis em todos os cantos, por outro, ela seria capaz de oferecer uma colher de sopa ao assassino, se achasse que o pobre homem não tivesse nada quente no estômago.

Ela me contou que justamente a carta escrita por você a fez ter a ideia de procurar um rapaz que, a pretexto de ser secretário de seu marido, o protegeria de eventuais atentados, sem que ele próprio percebesse. No entanto, não conseguiu esconder seu medo nem seu plano do marido, que, diante de sua insistência e para que ela o deixasse em paz, acabou acatando seu pedido, em parte também porque, há pouco tempo, teve uma espécie de nevralgia no braço direito, que o impede de escrever. Mas ele impôs a condição de que, ao menos à noite, permaneceria exclusivamente sob a proteção de sua mulher. Ambos riram, e ele acrescentou que sua esposa era tão competente na vistoria do quarto que ele podia confiar nela de olhos fechados. Ela nunca ia para a cama sem antes inspecionar todos os armários e, sobretudo, as cortinas, que considerava um esconderijo para criminosos. É claro, disse ela com vivacidade, é preciso ter cautela; medrosa ela não era nem um pouco, até deixava a janela aberta à noite, porque gostava de ar fresco, mas estava pensando em mandar fazer umas grades para colocar nelas, pois, como as portas da casa ficavam trancadas, às pessoas mal-intencionadas não restaria alternativa a não ser entrar pela janela. Entretanto, observou, agora já tinha a sensação de que se preocuparia menos por eu estar ali. Quando ela proferiu essas palavras, seu rosto assumiu uma expressão muito cativante. Respondi: "Assim espero. Eu tomaria como uma crítica à minha lealdade profissional toda preocupação que a senhora viesse a ter". Durante essa conversa, o filho entrou no quarto. Olhou para mim com ar inquieto e indagou: "O senhor já vai começar hoje?". Sua pergunta nos fez rir tanto que logo se instaurou um clima de confiança. Esse filho, chamado Velia, é um rapaz bonito e muito divertido, não muito mais novo do que eu, mas ainda brinca como uma criança de 5 anos, só que com outro tipo de brinquedo. Faz faculdade de Direito para um dia seguir carreira diplomática, mas não é o que deixa transparecer. É um sujeito inteligente e moderno, com inúmeros desejos incontidos e uma suscetibilidade limitada. Sua personalidade é não ter personalidade, e isso o torna completamente insignificante. Em todas as coisas, ele vê apenas o lado que lhe dá margem para algum gracejo, e seu maior e irresistível encanto consiste no modo indolente como o exprime.

Além do filho, há duas filhas, Jessika e Kátia, entre 20 e 23 anos, louras, graciosas e parecidas uma com a outra, como se fossem gêmeas. Demonstraram certa antipatia por mim, pois julgavam tolo o temor de sua mãe e porque temiam ser perturbadas em seu retiro de verão; porém, como me acharam bonito e elegante, e como Velia, que é um modelo para elas, sentiu-se atraído por mim, começaram a se familiarizar com minha presença. Não sei por qual razão, mas esses três filhos me fazem pensar em canarinhos cantando empoleirados, apertados uns contra os outros. De modo geral, a família inteira tem uma inocência infantil que poderia me fazer sentir vergonha de mim mesmo e de minha missão; mas conheço a alma humana o suficiente para saber que essa natureza repousa sobre uma altivez desmedida. O ódio e até mesmo a inveja pressupõem certa proximidade com as pessoas. No fundo, os membros dessa família se sentem sozinhos em um mundo que lhes pertence. Todas as outras pessoas não têm uma importância real e não intervêm em sua paz.

O grupo de empregados consiste em um cocheiro, Ivan, que bebe e é chamado por Velia de "paizinho", e em três camareiras, todos russos à moda antiga, que ainda se sentem servos, idolatram seus senhores e os julgam com superioridade inconsciente, pois estão ainda mais próximos da fonte primitiva. Seres adoráveis que, como os animais, inspiram-me certo respeito.

Essas são minhas primeiras impressões. Em breve, você ouvirá mais de mim.

Liu.

Velia a Peter

Kremskoie, 6 de maio.

Caro Peter!

Já me conformei em ter de permanecer aqui no campo durante todas as férias do meu pai. Uma bobagem essa história do fechamento da universidade. Eu estava mesmo certo ao recomendar calma, pois já era possível prever que sairíamos perdendo em caso de conflito. Mas você, é claro, tinha de agir sem pensar, como uma máquina aquecida e sem freio, e, se não foi levado à forca por meu pai em pessoa, deve isso ao puro acaso. Não é vergonha alguma ceder às autoridades; ao contrário, é estupidez e desvario ir contra elas. Não sofro de nenhum desses defeitos. Não fosse pela compaixão que sinto dos pobres-diabos que se deixaram levar de maneira tão irremediável por seu fervor desmedido, eu me resignaria por completo com essa história; afinal, aqui se aproveita bem mais o verão, e, se eu tivesse ficado em São Petersburgo, não teria conseguido me desvencilhar com tanta facilidade do caso com Lisabeth, que incitei de forma um pouco precipitada. Embora meu pai e minha mãe sejam um tanto antiquados, eles têm bom senso e bom gosto e, no convívio diário, são muito mais agradáveis do que as mentes raivosas com as quais você adora cercar essa sua carapaça antediluviana. É bem verdade que não podemos contrariar seriamente meu pai se quisermos ter paz à mesa, mas minha mãe gosta de ouvir, vez por outra, alguma opinião rebelde e se opõe a ele com certo entusiasmo. Meu pai aprecia essa característica dela, desde que não ultrapasse os limites adequados. No entanto, quando ele pigarreia de maneira enfática ou franze as sobrancelhas, ela logo abranda o tom para nos dar o bom exemplo da subordinação. Diga-se de passagem, Kátia também está aqui; portanto, a situação é não apenas suportável, mas, sem nenhuma dúvida, agradável.

    O anjo da guarda chegou. Minha mãe está convencida de que ele tem talento para desviar todo tipo de venenos, armas, bananas de dinamite e outros infortúnios do meu pai para si mesmo, e estima infinitamente esse jovem talentoso. Estávamos esperando um homem com uma bela barba cerrada, punhos fortes e frases empoladas; em vez disso, ele é esguio, não usa barba e se mostra reservado, mais ao estilo inglês. Segundo me contou, seu pai teria exigido que ele se candidatasse para um cargo de professor, pois, de fato, formou-se em filosofia, mas ele não queria seguir carreira e tem especial aversão aos futuros filósofos. Para obrigá-lo, seu pai teria cortado todos os seus recursos financeiros; por isso, ele aceitou esse cargo, para o qual, no fundo, seria pouco qualificado. Disse-me: "Creio que, no início, posso ser útil tranquilizando um pouco a senhora sua mãe, e isso não me parece nem um pouco difícil. Ela tem a encantadora qualidade de não ser desconfiada e me tomará de bom grado por um para-raios natural se, de certo modo, eu me esforçar para assim parecer". Respondi: "Desde que o senhor não se entedie ao fazer isso". E ele se pôs a rir: "Nunca me entedio. Esteja onde estiver, o ser humano se encontra no centro de um mistério. Mas, afora disso: amo a vida no campo e a boa companhia. Portanto, estou bem servido". Tem um olhar penetrante, e estou convencido de que já dissecou e classificou todos nós de maneira bastante acurada. Ele próprio se acha insondável. Apesar de sua aparente frieza, considero-o ousado, muito passional e ambicioso. Seria uma pena se ele se tornasse professor. Tem-se a sensação de que ele quer e pode mais do que outras pessoas. Provavelmente, suas opiniões não são menos revolucionárias do que as nossas, mas, até agora, ele mostrou um discurso bastante impessoal. Essa objetividade é o que mais me impressiona, sobretudo porque sua conversa não deixa de ser inspiradora. Sem dúvida, Jessika e Kátia são muito sensíveis a isso, mas não há razão para você ficar enciumado, velho dinossauro.

Seu Velia.

Jessika a Tatiana

Kremskoie, 7 de maio.

Querida tia!

Como é e deve permanecer um segredo confidencialíssimo o fato de a mamãe ter contratado um secretário para o papai, cuja verdadeira função é protegê-lo das ameaças de bombas, posso presumir que a notícia seja de conhecimento geral. Talvez também seja melhor que ela se espalhe nos círculos mais amplos, assim os anarquistas nem começarão seu bombardeio, facilitando o trabalho do nosso anjo da guarda. Como você pode ver, quero bem a ele, e o fato de sua presença influir de maneira tão positiva sobre o estado de espírito de minha mãe já o faz merecer meu bem-querer. Em seu primeiro dia aqui, enquanto almoçávamos, mamãe lhe perguntou o que ele havia sonhado, pois acredita que o primeiro sonho em uma nova residência é muito significativo. Acho que ele não sonhou nada, mas contou, sem muito refletir, uma longa história de que estava em um palácio magnífico e passava devagar de uma sala a outra. Descreveu tudo com muitos detalhes. Por fim, chegou a um aposento totalmente escuro em cuja soleira foi tomado por uma apreensão inexplicável. Hesitou em prosseguir, conteve-se, fez nova pausa e despertou com o coração disparado. Os olhos de minha mãe se arregalavam cada vez mais. "Que bom que o senhor não entrou no aposento; com certeza havia algo terrível nele", observou ela. "Talvez uma banheira", disse Velia com tranquilidade, levando-nos a rir, e como Kátia só começou a fazê-lo quando já havíamos parado, a risada durou um bom tempo. Eu disse: "Por favor, na próxima noite, continue o sonho e tome um banho, para que minha mãe se tranquilize; pois um banho só pode significar coisas boas". Não, disse minha mãe. Segundo ela, a água tem duplo sentido; apenas o fogo é um sonho bom em qualquer circunstância, e foi justamente com fogo que ela sonhou nessa noite. Em seguida, contou seu sonho, que era muito bonito: estava indo dormir com o papai, mas as camas deles estavam em chamas, belas chamas claras sem fumaça (isso é muito importante!), e ela não parava de assoprá-las, acreditando que as apagaria. Então, papai exclamou: "Lussínia, pare de assoprar!", mal conseguindo falar de tanto rir, e ela também começou a rir e acordou rindo. Mamãe relacionou esse sonho à chegada de Liu, que teria nos trazido sorte e seria nosso anjo da guarda. Logo em seguida, ele explicou a origem da crença popular no significado dos sonhos, por que todos os povos dão a mesma interpretação à água e ao fogo e o que há de verdadeiro nisso. Infelizmente, não conseguirei explicá-lo a você com a mesma beleza com que ele o fez. Papai também o ouviu com grande interesse, embora, na verdade, ele nada entenda de sonhos e coisas semelhantes, e, por fim, disse com um suspiro: "O senhor seria um excelente secretário para minha esposa!".

Agora, quero lhe contar algo engraçado que aconteceu hoje no almoço. Perguntei a Velia se ainda queria pudim, e ele respondeu como de hábito: "Seja feita a tua vontade, pai". Liu olhou para ele com curiosidade, e minha mãe explicou que essa era a expressão preferida de Velia, que ele sempre usava quando queria dizer "tanto faz". Mas ela esperava, acrescentou de modo enfático, que ele abandonasse de uma vez por todas esse mau hábito, pois ela não gostava de profanações do sagrado. "Profanações do sagrado?", espantou-se Velia. "O que quer dizer?" "Mas, Velia", disse minha mãe com indignação, "não faça de conta que não sabe que essas palavras estão na Bíblia!" "Sinceramente, eu não sabia", asseverou Velia. "Se eu imaginasse que a Bíblia contém expressões esfarrapadas como essa, eu teria dado uma lida nela!" Inocente como ele só! Seus olhos arregalados refletiam seu espanto mais sincero. Liu não conseguia parar de rir. Acho que ele está encantado com Velia.

Com os nervos do papai vai tudo bem. Ralhou uma vez com Ivan, pensando que ele estivesse embriagado – por acaso, ele não estava naquele momento –, e outra vez porque o arroz lhe pareceu queimado, mas ainda não fez nenhum escarcéu, embora já estejamos há quatro dias fora.

Adorada tia, coloco todos os dias buquês de tomilho, lavanda e alecrim em nossa sala, não apenas sobre a mesa, mas também nos armários e nas cômodas, para que fiquem impregnados com um perfume ao belo estilo Biedermeier. Retribua minha atenção quando vier.

Sua Jessika.

Kátia a Peter

Kremskoie, 9 de maio.

Caro Peter!

Você é um tolo se realmente me levou a mal por eu não estar em casa quando quis se despedir de mim. Como eu poderia saber que você viria? Além do mais, eu tinha ido visitar a velha esposa do general, o que, para ser sincera, não foi nada divertido. Levar a mal é um comportamento pequeno-burguês, espero que Velia tenha mentido para mim. Se não achasse uma desfaçatez meu pai ter fechado a universidade, eu me sentiria feliz por estar aqui. Não faço nada além de comer, dormir, ler e andar de bicicleta. O novo secretário é muito elegante e, embora não tenha dinheiro, é uma figura brilhante e muito inteligente. Também pedala conosco, mas não gosta de fazê-lo; diz que andar de bicicleta é antiquado, que agora é preciso andar de automóvel. Acho que ele tem toda a razão. Também queremos convencer papai a comprar um, mas, por enquanto, assinamos um jornal sobre automobilismo.

Abraços,

Kátia.

Liu a Konstantin

Kremskoie, 10 de maio.

A permanência aqui me interessa muito do ponto de vista psicológico. A família tem todas as qualidades e todos os defeitos de sua classe. Talvez nem se possa falar em defeitos; o deles é, sobretudo, o de pertencer a uma época que necessariamente passará, mas que eles querem impedir que evolua. É triste ver uma bela árvore velha fadada a cair para abrir espaço a uma ferrovia; ficamos junto à árvore como a um velho amigo e a observamos com admiração e pesar até sua queda. Inegavelmente, é uma pena pelo governador, que é um primoroso exemplar de sua espécie; contudo, creio que ele já tenha ultrapassado seu auge. Se ele reconhecesse isso e renunciasse, ou se o fizesse para não expor sua vida, ninguém o cumprimentaria com mais alegria do que eu; mas ele é orgulhoso demais para isso. Acredita que apenas quem trabalha e produz alguma coisa tem direito de viver. Não é capaz de imaginar uma vida sem trabalho; por isso, quer trabalhar e acha que, fazendo o que os médicos lhe aconselham, aos poucos recuperará a força de antes. Há pouco tempo, adormeceu sentado à escrivaninha, e pude observá-lo sem ser perturbado. Como os belos olhos escuros e fervorosos não animavam seu rosto, ele pareceu muito fraco e esgotado, embora, de modo geral, ainda transmita uma virilidade madura. Ao despertar, logo se endireitou na cadeira, lançou um rápido olhar para mim e pareceu visivelmente tranquilo por eu demonstrar que não havia notado nada. É característico dele relutar em admitir que está cansado ou sonolento. Desse modo, agrada-lhe que eu assuma ou facilite o pouco trabalho que ele cumpre aqui, durante as férias, e não deixa de dizê-lo a mim, mas não quer que pensem que ele está cansado demais para fazê-lo sozinho. Afinal, ficaria infeliz só de pensar nisso.

Como costuma acontecer com pessoas consideradas rigorosas e impiedosas em sua função, ele é benevolente e até de uma generosidade ilimitada quando se depara com alguém que demonstre submissão e afetuosa complacência. A insubordinação o deixa desorientado, pois, de imediato, nada sente além de sua vontade e é ingênuo o suficiente para pressupor que ele próprio também deveria valer como modelo para todos os outros.

Ele me parece um sol que, belo e fiel, mas de maneira um tanto inconsequente, preocupa-se em manter seu mundo. Faz o possível para ter longo alcance, arder e iluminar, e não duvida de que os planetas encontram seu próprio ideal em girar ao redor dele pelo tempo que viverem. No fundo, não acredita na existência de cometas nem de anomalias, a menos que apareçam nele próprio. Imagino que a deserção fervorosa e efetiva de um satélite o deixaria mais louco do que irado. No que se refere a seus filhos, eles fazem, em geral, o que têm vontade de fazer, mas, na teoria, não infringem o domínio do pai. Além do mais, são seus filhos legítimos, e ele é um homem de instintos fortes. Por fim, é comodista, o que combina perfeitamente com sua laboriosidade. Em casa, quer sentir-se à vontade.

Velia é um rapaz encantador, embora esteja deslocado aqui. Tem a alma de um jovem pescador napolitano ou de um príncipe adorado, que veste trajes bonitos, diz coisas bonitas e insolentes e não faz muita diferença entre a vida e o sonho. As duas filhas não são tão gêmeas quanto me pareceram a princípio, mesmo externamente. Ambas são mais baixas do que altas e têm uma cabeleira loura sobre o rosto delicado. De resto, são tão diferentes uma da outra quanto uma rosa-chá de uma rosa-musgo. Quando Jessika caminha, é como se um vento suave soprasse uma pétala solta pelo aposento; já Kátia tem os pés firmes no chão, e o que não se desviar dela possivelmente será afastado de modo enérgico. Jessika é delicada, sente dores com frequência, e sua fragilidade lhe confere um encanto especial e refinado; chega-se a pensar que não seria possível abraçá-la sem feri-la. Kátia é saudável, sincera, nem um pouco empolgante, uma moça inteligente e temperamental, com quem é possível passar bons momentos. Às vezes, Jessika tem algo de sentimental, mas então nos surpreende com um gracejo, que nunca é ofensivo; ao contrário, tem o efeito de um carinho especial. Há certo encanto em ganhar influência sobre esses jovens, e por enquanto desfruto dela: a parte difícil e dura não tardará.

Liu.

Jessika a Tatiana

Kremskoie, 10 de maio.

Minha tia tão querida!

Você está preocupada por causa de nosso guardião, que está aqui justamente para nos tranquilizar? Estou encantada com ele, e minha carta transparece uma alegria suspeita? Meu Deus, é claro que o acho agradável, uma vez que sua presença dissipou as preocupações de minha mãe! Fique tranquila, adorada tia, se ele se apaixonar, será por Kátia, e sei que você não considera o coração de Kátia tão frágil quanto o meu. Ou você teme, nesse caso, que Peter sinta ciúme? Sabe, acho que Kátia nem sequer se apaixona de verdade. Agora ela está com Velia, comendo groselha em meio aos arbustos, e ambos o fazem com a mesma velocidade e inofensividade de dez anos atrás, como se fossem receber uma condecoração por sua proeza.

Mamãe está realmente tranquila e contente como há muito tempo eu não a via. Meu Deus, quando penso no último período na cidade, nos escândalos quando papai ficava na rua meia hora a mais do que ela havia calculado! Recentemente, ela não o encontrou no quarto dele, nem na casa inteira, tampouco no jardim. Já começou a ficar agitada, e nossa Mariuchka disse que o senhor governador tinha saído para passear com o senhor secretário. No mesmo instante, seu estado de espírito voltou ao equilíbrio, e ela me convidou para cantar em dueto. Disse que eu cantava de maneira encantadora e, como um rouxinol de romances de amor, entoou uma canção.

Nesta tarde, ao ser chamado para o chá, papai ainda estava meio sonolento. Mamãe pegou sua *lorgnette*[1], observou-o com atenção e lhe perguntou com delicadeza: "Por que você está tão pálido, Yegor?". Papai respondeu: "Finalmente! Cheguei a pensar que você não me amasse mais, pois faz oito dias você não faz essa pergunta". É claro que ele estava brincando; mas quando mamãe não manifesta aquela sua apreensão, da qual

15

---

[1] Par de óculos sem armação, dotado de um cabo lateral para ser posicionado à frente dos olhos. [TODAS AS NOTAS SÃO DA TRADUTORA]

papai sempre zomba, ele de fato se sente negligenciado. Assim é o senhor governador.

    Ocorreu-me, amada tia, que ainda não sei se você melhorou do resfriado. Se a dor desagradável e misteriosa em seu dedo mínimo já cedeu. Se e quando você vem. Os lilases florescem, as castanheiras florescem, tudo o que pode florescer floresce!

Sua Jessika.

Velia a Peter

Kremskoie, 12 de maio.

Caro Peter!

Se você deixar transparecer seu ciúme, fará um papel ridículo junto a Kátia. De que isso valeria, afinal? Em primeiro lugar, você poderia sentir ciúme de mim, mas é muito desorganizado para isso. Liu faz a corte a Jessika, o que significa que olha para ela e a controla com os olhos, pois, como é de esperar, ela se deixa iludir. Liu é uma pessoa extraordinária, poderíamos dizer que é desprovido de alma, se assim pudermos nomear um elemento que é pura força. É bem provável que ele não tivesse nenhuma crise de consciência se fizesse Jessika ou qualquer outra moça infeliz. Quem tiver coragem de se envolver com ele também deverá ter coragem de se deixar destruir. E por que as moças se lançam tão avidamente à luz? Seja como for, tal como ocorre com as mariposas, o destino delas é queimar as próprias asas. De resto, Liu nunca sacrificaria a própria vaidade por uma moça, como, afinal, a maioria de nós costuma fazer. Ele apenas as destrói de maneira casual, tal como faz o sol. Elas não deveriam se aproximar dele, mas é claro que não o conseguem. Graças a Deus, Kátia é diferente; isso me agrada muito nela, mas eu não gostaria que todas as moças fossem assim.

Ontem, Kátia e eu descobrimos no vilarejo um confeiteiro turco que tem guloseimas incríveis, rosadas, grudentas, transparentes e borrachudas. Parece ser um turco de verdade, pois nunca comi algo tão doce. Acho que, quanto mais avançamos na direção do sudeste, mais maravilhosos se tornam os doces. Kátia e eu não parávamos de comer, e o turco nos observava de modo inexpressivo, com seus grandes olhos bovinos. Quando não aguentávamos mais comer, eu disse: "Agora precisamos parar". "Vocês não têm mais dinheiro?", perguntou ele; acho que nos tomou por crianças. Respondi: "Estou ficando enjoado". Seu rosto amarelo não se alterou. Se tivéssemos estourado diante de seus olhos, talvez ele nem tivesse piscado.

No vilarejo, encontramos uma moça muito graciosa, com quem às vezes brincávamos quando éramos crianças. Na época, nós a achávamos muito feia por causa de seus cabelos ruivos, e a provocávamos por isso. Desta vez, ela me pareceu linda. Gritei para ela: "Anetta, você não é mais feia?", e ela logo respondeu: "Velia, você não é mais cego!". Como Kátia estava comigo, não pude ir além, mas acenei para a moça com a cabeça, e ela me entendeu.

Velia.

Lussínia a Tatiana

Kremskoie, 13 de maio.

Querida Tatiana!

Diga-me uma coisa: por que você está tão convencida de que minhas filhas vão se apaixonar por Liu? Até o momento, considerei-as muito imaturas para o amor; afinal, Kátia realmente ainda é uma criança. Como você chamou minha atenção a esse respeito, reconheço que Liu é um perigo. Ele é viril, corajoso, inteligente, interessante, atraente, tudo o que impressiona uma moça. Mas tenho de elogiá-lo por ele se comportar de maneira bastante reservada em relação às minhas meninas. Talvez ele já seja comprometido. Notei muito bem que Jessika o admira. Quando ele fala, os olhos dela não se desprendem dele; ela mesma se mostra mais falante do que de costume e cheia de ideias encantadoras. Não vi nenhuma maldade nisso; ao contrário, fiquei feliz com a alegria dela. Tatiana, se você a convidar e ela quiser visitá-la, não a impedirei. Talvez seja melhor assim. Minha pobre e pequena Jessika! Quando penso que ela o ama! Se ele não a amar, ela sofrerá, e talvez mais ainda se ele a amar. Não, ele não é homem para ela. Ele entende tudo, mas nunca perde o autocontrole; não tem sensibilidade para pequenas coisas e tolices ou, se a tiver, é a mesma que se costuma demonstrar pelas ervas reunidas em um herbário. Ele não é capaz de se envolver, apenas de consumir. Tenho muita confiança, por exemplo, de que um dia ele se tornará um homem conhecido; em todo caso, no ar rarefeito de que ele necessita, minha menina não conseguiria respirar.

Curioso é o vivo interesse que ele parece ter por todos nós, mostrando-se receptivo a nossas qualidades e aceitando como algo evidente a confiança que depositamos nele, mas, na verdade, sem entregar nada a respeito de si próprio. Não que não seja aberto; ele responde com franqueza e riqueza de detalhes a todas as perguntas que vez ou outra lhe dirigimos. Talvez não se possa sequer dizer que seja fechado; pelo menos, fala bastante e sempre de coisas que, para ele, são realmente importantes. Não obstante, a sensação que se tem é que não é possível conhecê-lo por dentro. Já cheguei a pensar que poderia haver segredos em sua vida que lhe impõem certa reserva; mas isso não me inquieta, pois tenho certeza de que não é nada de mais. Recentemente, o tema da conversa foi a mentira. E Liu disse que, em determinadas circunstâncias, a mentira era uma arma na luta pela vida, não pior do que qualquer outra, e que apenas mentir a si mesmo era algo desprezível. Velia perguntou: "Mentir a si mesmo? Como é possível isso? Eu nunca acreditaria em mim". Liu riu com gosto, e eu também não pude deixar de rir, mas achei que era minha obrigação dizer a Velia que aquela era uma piada de mau gosto. "Não poderíamos fazer nada melhor aqui", respondeu ele, "do contrário, Kátia não entenderia". Pois bem, na verdade, eu só queria lhe dizer que estou mesmo convencida de que Liu nunca mentiria a si mesmo, e, para mim, isso é o essencial. O princípio pode ser perigoso, mas é adequado a uma pessoa importante.

Cara irmã do meu amado marido, se eu não tivesse meus filhos crescidos ao meu redor, poderia imaginar que agora estamos em lua de mel. Quem dera não precisássemos voltar à cidade nunca mais! Yegor voltou ao seu piano, pois não consegue ficar desocupado, e eu, que consigo muito bem, ouço-o tocar e sonho. Você se lembra do tempo em que eu o chamava de "meu imortal"? Às vezes, ao olhar para ele hoje, sou tomada pela sensação de que ele se transformou em algo diferente. Não são os cabelos brancos, já mais numerosos do que os pretos, nem as olheiras profundas que costumam aparecer sob seus olhos, tampouco as linhas rígidas que escurecem seu rosto; é algo inominável, que envolve todo o seu ser. Certa vez, tive de me levantar de repente e sair, pois as lágrimas estavam brotando de meus olhos, e no quarto gritei no travesseiro: "Meu imortal! Ah, meu imortal!". Como você pode ver, estranho não é haver gente louca, mas que os mais sensatos possam um dia ter um ataque de loucura é algo deplorável.

Sua Lussínia.

Liu a Konstantin

Kremskoie, 15 de maio.

Caro Konstantin!

Eu poderia ter imaginado essa sua reação, mas espero não pensar o mesmo no futuro. Você me faz ter a impressão de que estou aqui para realizar algum estudo psicológico. Acha que estou me apegando muito à vida em família, acredita que eu poderia muito bem ter visitado minha tia-avó em Odessa, e muitas outras coisas. O que você quer? Por acaso esperava que eu saltasse sobre minha vítima como um canibal faminto, um rival rancoroso ou um marido traído? Tínhamos concordado que não agiríamos como brutamontes fanáticos, que parecem estar mais preocupados em descartar a própria vida em seus atentados do que a de seus opositores. Queríamos alcançar nosso objetivo sem colocar em jogo nossa vida, nossa liberdade e, se possível, até mesmo nossa reputação, pois temos mais a alcançar e sabemos que não somos facilmente substituíveis. Se tivéssemos pressa, eu agiria de outra forma, mas o processo dos estudantes só será iniciado no começo de agosto. Como as férias do governador durarão até lá, ainda tenho mais três meses, dos quais apenas a metade do primeiro já passou. Tenho observado as coisas ao meu redor, conhecido as pessoas e o ambiente e esperado por uma oportunidade. É claro que, se eu quisesse, eu já poderia ter assassinado o governador há muito tempo. Costumo ficar sozinho com ele, tanto em casa como no jardim e no bosque. Mas, nesse caso, eu não agiria da maneira certa. Nesse momento em que, mesmo sendo estimado e quase amado, ainda sou um estranho, eu poderia levantar alguma suspeita contra mim. Em algumas semanas, serei como um membro da família, e qualquer suspeita estará fora de cogitação. Acho que escrevi a você recentemente, contando que fiquei sentado por alguns minutos ao lado do governador enquanto ele dormia. Observei a parte do rosto que estava virada para mim: as espessas sobrancelhas pretas, sinal de boa vitalidade; o pronunciado nariz aquilino; o fervor e a nobreza que se distinguem em cada linha. Outro traço fundamental de seu caráter me parece ser certa paixão moderada por uma sensibilidade refinada. Uma criatura fantástica!

Enquanto o observava, pensei no quanto seria preferível tornar meus pensamentos e minhas intenções mais acessíveis àquela cabeça, em vez de destruí-la com uma bala. Você precisa levar em conta também o fato de que eu poderia evitar assassinar esse homem se conseguisse controlá-lo ou influenciá-lo. Mas vou logo acrescentando que considero essa possibilidade pouco provável: nas pequenas coisas, ele é como cera; nas importantes, como ferro. Quando quer algo com determinação, nem o temor nem o amor são capazes de fazê-lo mudar de ideia; assim ele me parece até o momento.

O filho dele é diferente; é tão indolente que se sente grato quando alguém expressa um desejo em seu lugar. Só é preciso saber fazê-lo. Sua mente aberta chega a espantar. Ele não parece nem um pouco dominado pela tradição. É como se nenhum laço o prendesse ao passado, à família e à pátria. Não posso deixar de pensar em um antigo conto de fadas no qual uma criança órfã aparece como filha do sol. A pele dourada dele também me faz lembrar essa história. Ao conversar com ele, falo quase como penso. Ele é tão desprovido de preconceitos que nem chega a estranhar o fato de eu, com minhas ideias, ter conseguido um cargo junto a seu pai. Pelo visto, acha natural que uma pessoa com discernimento pense como eu e, de passagem, desempenhe qualquer função que lhe agrade e seja útil a seu progresso. Gosto dele e fico feliz por não precisar fazer nada que o prejudique. Kátia pensa como o irmão, talvez em parte por amor a ele. Para uma moça, ela é muito inteligente e perspicaz, mas, ainda que fale com a máxima sensatez, sempre será como um passarinho gracioso que canta empoleirado em um galho. Esse é seu encanto.

Konstantin, não me faça mais nenhuma crítica. Se eu as merecesse, eu mesmo as faria. Por isso, ninguém mais tem esse direito.

Liu.

Jessika a Tatiana

Kremskoie, 15 de maio.

Tia, minha generosa tia, você me convidou! Beijo sua mão com gratidão. Talvez eu apareça quando você menos esperar. Mas, querida, por acaso você não sabe que tenho minhas obrigações? Não posso simplesmente partir. Temos uma casa para cuidar, e você sabe que até mesmo os melhores empregados precisam ser inspirados por seres superiores. Fico com pena da cozinheira, que, sem meu apoio, ficaria desamparada em meio às excentricidades de nós cinco. Papai é louco por tomates recheados, mas não por molho de tomate, que mamãe adora, enquanto Velia tem paixão por tomates na salada e Kátia os come apenas crus. Kátia não come arroz agridoce, papai não come arroz apimentado e eu não como arroz-doce. Nenhum de nós come couve, mas todos os dias queremos verduras. Eu poderia continuar assim por páginas e mais páginas. Nenhuma cozinheira memoriza tudo isso, e a nossa não sabe ler. Se eu partisse, mamãe teria de pensar em tudo isso – pois a Kátia nem ocorreria fazê-lo –, e eu sentiria muito. Mamãe passa o dia andando pela casa e está feliz por, ao menos uma vez, ter seu marido só para si e em segurança. Esse não é o momento de sobrecarregá-la com questões tolas do cotidiano.

Vocês pensam que não passo de uma pessoa pequena e insignificante! Mas eles logo notariam se a xícara de chá ou café à sua frente não estivesse com o tanto de açúcar e leite ou limão como gostam ou se as fatias de laranja não aparecessem tão finas e sem caroço nos pratos, como de hábito, ou se os lápis, as tesouras e os guarda-chuvas que alguém perdeu ou colocou em outro lugar não fossem encontrados por mim no momento certo! Sim, essa sou eu! Venha algum dia até aqui e veja você mesma o quanto sou imprescindível.

Se você achar que mereço ser recompensada e indenizada, tia Tatiana, mande-me um corte de cambraia lilás para uma blusa, com rendas e bicos para combinar. Não tenho nada leve o suficiente para enfrentar esse calor. E ninguém tem tanto bom gosto como você. Por isso, por favor, providencie isso pessoalmente, minha tia tão adorável.

Com gratidão, sua Jessika.

Velia a Peter

Kremskoie, 17 de maio.

Caro Peter!

Não me enganei. No fundo, Liu é um revolucionário, só que há mais alguma coisa nele a elevar seus pontos de vista muito acima da média. Como fazer você compreender isso, meu doce megatério? Ele pensa e, ao mesmo tempo, está acima do que pensa. Não considera o que pensa e deseja como algo definitivo e absoluto. Nesse sentido, também se mantém afastado dos partidos, pois enxerga além deles. Diz que a nova geração tem razão em relação à antiga; porém, quando considerada em si mesma, tem quase menos razão do que a antiga. É claro que você não entende isso, pois lhe falta autoironia, tanto o conceito como a qualidade. Vocês não fazem ideia de como são divertidos quando se exaltam com a decadência da velha cultura e nem de longe imaginam o que de fato significa cultura. Não tem problema; não precisa rugir, velho dinossauro, estou totalmente com vocês. Meu pai é engraçado; ele acha Liu uma pessoa muito agradável, inteligente e divertida; sua perspicácia não vai muito além disso. Nem passa por sua cabeça que uma pessoa em trajes decentes, que o trata com cortesia e não o contradiz poderia se movimentar fora de seu sistema. Mamãe é muito menos, como posso dizer, limitada a seu eu. Pelo menos, ela percebe com clareza que nem de longe compreendeu toda a essência de Liu; sente algo estranho, mas não consegue identificar o que é. Recentemente, ela lhe disse que, na verdade, os talentos, os conhecimentos e a capacidade dele não eram adequados ao cargo que ele cumpria em nossa casa, assim como não o era sua remuneração, e que ele não deveria aceitá-la. Liu disse que, como secretário particular, esperava ter o tempo livre de que precisava para concluir sua obra filosófica, que era sua próxima meta de trabalho. Mamãe enrubesceu e achou que por certo ele estaria decepcionado, pois estamos sempre tomando seu tempo. Acredito que Liu já se esqueceu por completo de que está aqui para interceptar assassinos e bombas, enquanto mamãe pensa que ele estaria se esfalfando nessa atividade difícil de definir. Desde essa ocasião, ela o incentiva com frequência a retirar-se no quarto dele para trabalhar e tende a achar que papai está exigindo muito dele quando quer lhe ditar uma carta fora do horário de expediente; afinal, segundo ela, papai poderia adquirir uma máquina de escrever. Não se pode dizer que mamãe explora as pessoas.

Nesse momento, estamos ocupados em convencer meu pai a comprar um automóvel; ele também já está perto de fazê-lo. À mesa, sempre falamos das últimas corridas automobilísticas e discutimos quais são os modelos mais baratos, se aqueles movidos a gasolina ou a eletricidade. Liu perguntou se não seria preferível esperar e comprar logo um dirigível. Papai ficou realmente entusiasmado com a ideia e, ao calcular os custos desse veículo, mais tarde achou que um carro seria algo muito banal e pequeno-burguês.

Liu não é nada musical. Ele diz que a música é uma arte primitiva, ao menos a que se conhece até o momento. Talvez até pudesse ser diferente, a julgar por certas insinuações feitas por Richard Wagner. O lado musical de nossa família seria primitivo. Acho que isso está correto, em especial no que se refere a meu pai. Ele toca bem, assim como o bosque farfalha ou o vento assobia; é algo demoníaco. Mas estar possuído por uma força sobrenatural não é uma questão de cultura. Por outro lado, Liu gosta muito do que é primitivo. Acha que a voz de Jessika soa como se no pálido crepúsculo do Oriente profundo surgisse a aurora. Também acho a voz de Jessika delicada, a mim se assemelha a um som de harpa. De resto, nunca dei muita importância ao canto; afinal, a música só começa verdadeiramente com a sinfonia. Mas não pense que você seria um ser superior por não ser musical. Em você há um vácuo.

Velia.

Kátia a Tatiana

Kremskoie, 17 de maio.

Querida tia!

Jessika se esqueceu de lhe pedir que comprasse ou mandasse comprar para nós a partitura de *Tristão e Isolda*. Papai é contra, acha que podemos muito bem pedir emprestados cadernos de composições! É possível fazer isso? Ah, nem precisa se informar a respeito, não é nada elegante usar livros de bibliotecas, e cadernos de composições não deixam de ser livros. No fundo, papai só está irritado porque estamos interessados em Wagner; ele é muito parcial. Não quer nem mesmo conhecê-lo; ao contrário, já decidiu de antemão achá-lo horrível. Tivesse Wagner vivido há alguns séculos e feito música sacra como Palestrina... tudo bem, isso soa tolice, mas agora já escrevi, e você entende o que quero dizer. Sem dúvida são belas as canções de Beethoven para sua amada distante, e papai sempre as canta, mas não são o que nosso tempo e nossa vida expressam. Seja como for, tia Tatiana, você vai nos mandar *Tristão e Isolda*, não vai? Por favor, não demore. Peter pode cuidar disso.

Sua Kátia.

Liu a Konstantin

Kremskoie, 20 de maio.

Caro Konstantin!

Sua carta me levou a uma imprudência; mas seria um mau general aquele que não soubesse compensar ou até aproveitar um movimento errado. O boato de que o processo dos estudantes seria julgado de imediato e de que, por conseguinte, o governador teria de voltar às pressas a São Petersburgo deve ser infundado, pois ele próprio seria o primeiro a sabê-lo, assim como eu, no mesmo instante. Seja como for, ontem considerei essa possibilidade e me preparei para o caso de precisar agir de maneira rápida ou repentina. Disse a mim mesmo que, durante o dia, não encontraria uma oportunidade facilmente, sobretudo, nenhuma favorável a mim. À noite, eu poderia anestesiar com éter a ele e sua esposa, pois dormem juntos, matá-lo com uma punhalada no coração e voltar para a minha cama sem ser visto. Nenhuma suspeita especial recairia sobre mim. Já durante o dia, seria difícil alguém se aproximar do governador sem que outra pessoa, sobretudo eu, percebesse. De dia, podem ocorrer inúmeros imprevistos; à noite, as circunstâncias são precisas e claras. A viabilidade do plano depende essencialmente do sono mais ou menos leve do governador e de sua esposa. Decidi ter certeza disso sem demora. Vesti uma capa e me esgueirei até o quarto deles, separado do meu por um quarto de vestir, com banheiro e closet contíguos. Mal pus o pé na soleira e vi a sra. Rasimkara se precipitar na minha direção. Tenho de confessar que, nesse momento, quase perdi os sentidos: ver diante de mim aquela mulher tão singular, tão bela, tão diferente do que é durante o dia, tirou-me o fôlego. Em seu rosto se via, ao mesmo tempo, a expressão do horror e da mais segura determinação, que de imediato, ao me reconhecer, deu lugar à sensação de salvação, de espanto, e eu diria à percepção da estranheza da situação. Sim, durante um segundo, não senti nem pensei em nada, apenas no quanto ela era encantadora. Ela me puxou rapidamente de volta ao quarto de vestir e disse sussurrando que eu a tinha assustado, pois achou que eu fosse um assassino. O que tinha acontecido? Eu estava precisando de alguma coisa? Era sonâmbulo? Eu disse que ela podia ficar sossegada, nada tinha acontecido; acordei, pensei ter ouvido um barulho e quis me certificar de que tudo estava tranquilo e em ordem com eles; eu já havia feito isso várias vezes, pois o considerava parte de minhas obrigações, mas até o momento ela não o tinha percebido. Acrescentei ainda que talvez fosse melhor ela não mencionar o incidente a seu marido. Claro que não, respondeu; estava feliz por ele não ter acordado. Em seguida, apertou minha mão, acenou com a cabeça, sorriu e voltou para seu quarto.

Foi um momento muito perigoso, e só consegui pegar no sono novamente quase ao amanhecer. Ao vê-la à minha frente, sorrindo, pensei, ao mesmo tempo, que ela era encantadora e que eu teria de matá-la. Pensei isso com tal vivacidade que este pensamento parecia saltar pelos meus olhos: "Sou seu assassino porque sou o assassino do seu marido. Você sempre estará ao lado dele, seu corpo se lançará na frente do dele quando chegar a hora; por isso, terá de cair com ele". O sorriso peculiar com o qual ela olhou para mim parecia dizer: "Entendo você; é meu destino e arcarei com ele".

De certo modo, ganhei alguma coisa com essa tentativa frustrada. Agora sei que o governador tem sono pesado. Nela incuti a ideia de que, para proteger seu marido, de vez em quando entrarei no quarto deles. Se ela me visse entrar e inclinar-me sobre ela, até o último instante não desconfiaria de nada, apenas olharia para mim com os olhos arregalados e uma grande expectativa. Por outro lado, descobri que esse tipo de execução me repugna. Eu só recorreria a ele em caso de extrema emergência. Deve haver outro caminho mais condizente comigo. De todo modo, não se preocupe: posso ter agido sem pensar, mas também cortei pela raiz as eventuais consequências ruins.

Liu.

Velia a Peter

Kremskoie, 20 de maio.

Caro Peter!

Hoje me sinto como se estivesse em um hospício. Mamãe ouviu alguma coisa esta noite, que depois se descobriu não ser nada, mas, embora tudo tenha se revelado como fruto da sua imaginação, ela parecia ter chorado e se sobressaltava a qualquer ruído. Papai tem acessos de fúria, que devemos respeitar como nervosismo. Há pouco ele tocou o sininho para chamar Mariuchka, pois ela havia deixado a luz acesa no closet. Ele fez um escândalo tão grande que o ouvi do jardim. Falou como se o pequeno ponto de luz elétrica pudesse fazer a ruína se abater sobre toda a nossa família. Depois se constatou que ele próprio a tinha acendido e se esquecido de apagar. Kátia gritou, por sua vez, que o comportamento de meu pai era revoltante, que a casa inteira estava banhada em lágrimas por causa dele, que era impossível os empregados o respeitarem se ele continuasse a se comportar daquele modo, e, nesse ínterim, interpelou-me para saber se eu não achava o mesmo. Eu disse: "Seja feita a tua vontade, pai". Então, de repente, a indignação dela se voltou contra mim, e todos caímos alegremente na risada. Papai disse que pediria desculpas a Mariuchka, pois cometera uma injustiça, e com esse propósito dirigiu-se à sala dos empregados. Queríamos ter ido com ele para assistir à cena, mas mamãe nos proibiu, dizendo que seria indecoroso. Achei a história de antes apenas engraçada e não compreendo como Kátia pôde se irritar com ela.

Kátia a Peter

É claro que fico irritada. Velia não consegue levar nada a sério porque é preguiçoso demais. É revoltante que um homem como papai, incapaz de se controlar, feche a universidade porque os estudantes estão defendendo seus direitos. É revoltante que um homem tenha tanto poder; por si só, esse fato condena nossa situação. Veja se encontra professores para dar aulas particulares a nós e a todos que queiram participar. Poderíamos assistir a elas na sua casa, onde não seriam proibidas. Acho que não devemos tolerar uma coisa dessas. Pouco me importa se levarei alguns anos a mais ou a menos para concluir meus estudos, mas a decisão deve, ao menos, depender de mim. E, se não for assim, quero sair daqui, ir para o exterior. Acho insuportável ser obrigada a viver na Rússia. De Velia não espero nada, ele é tolo demais; para ele, não faz diferença o que digo ou sugiro. É claro que deveres não se discutem, mas primeiro há que se tentar para saber se não pode ser diferente.

Kátia.

Lussínia a Tatiana

24 de maio.

Querida!

As crianças escreveram a você, dizendo que estou de novo muito nervosa? Se você não contar nada a ninguém, vou lhe dizer por que estou assim. Você sabe que sou medrosa e assustadiça e que, infelizmente, tenho uma séria razão para isso. Admito que eu também seria assim sem essa razão, mas isso não muda o fato de ela existir. Pois bem, recentemente, acordei à noite e vi um homem na soleira de nosso quarto. Sem dúvida pensei que sua intenção fosse matar Yegor, e me precipitei às cegas contra ele, para proteger meu marido – não tive tempo para pensar em como faria isso. Foi apenas um instante, então, reconheci Liu. Sim, era Liu. O medo e o susto desapareceram de imediato, e me senti tão aliviada que quase dei risada; eu poderia tê-lo abraçado. Mas, depois, quando eu já estava de novo na cama, as consequências do intenso nervosismo se fizeram sentir, e comecei a chorar sem conseguir parar. Fui tomada por um mal-estar muito mais desagradável do que o temor que eu sentira antes; na verdade, achei muito sinistro ver Liu perambulando à noite pela casa. Para mim, ele é sonâmbulo; essa é a única explicação para o que aconteceu. Ele próprio me deu outra. Disse que considera parte de suas obrigações verificar de vez em quando se está tudo em ordem conosco e que já tinha estado várias vezes em nosso quarto, sobretudo quando acreditara ter ouvido algum ruído. Isso soa bastante plausível, e talvez você diga que eu deveria me tranquilizar por saber que ele faz nossa vigilância com tanta dedicação. Antes, eu também teria pensado assim; mas agora vejo que a ideia de um fato é bem diferente do fato em si. Isso não me parece nem um pouco tranquilizador; ao contrário, é extremamente sinistro que uma pessoa possa estar de repente, no meio da noite, em nosso quarto, seja porque é sonâmbula, seja por qualquer outra razão. Não consigo mais dormir porque sempre penso que, de uma hora para outra, ele estará ali, observando-me com aqueles estranhos olhos cinzentos, que parecem penetrar em todos os corpos. Mal adormeço e logo desperto com um sobressalto, horrorizada. Ocorreu-me que ele poderia entrar pela janela aberta. Você deve saber que os sonâmbulos são capazes de andar por toda parte, até mesmo nos beirais. E só de pensar nisso fico assustada, não consigo evitar. Eu gostaria de fechar a janela, mas Yegor não quer. Ele diz que é bobagem e que eu deveria reprimir esses devaneios doentios. Segundo ele, serpentes são capazes de subir pela parede lisa de uma casa, sonâmbulos não. O que você acha? Li certa vez que a lei da gravidade não se aplica aos sonâmbulos. Só Deus sabe.

Infelizmente, contei tudo a Yegor, que não estava acordado e não ouviu nada. Ele está bem, mas meu temor o deixa um pouco impaciente porque, por si mesmo, ele não consegue compreendê-lo. No entanto, fica nervoso com situações que, por uma questão de bom senso, requerem certa cautela e que ele, seguindo seu temperamento, não gosta de observar.

As crianças nada sabem do incidente, pois não quero que isso seja assunto de conversa à mesa. Também me parece ser mais respeitoso em relação a Liu, a quem devemos tanto. Caso se espalhe, o boato de que ele é sonâmbulo poderia prejudicá-lo diante das outras pessoas. E o fato de ele ir até nosso quarto à noite para nos vigiar tampouco deve ser conhecido.

Kátia, minha menina de ouro, é uma diabinha incorrigível. Não perde a oportunidade de criticar o fechamento da universidade, embora saiba que, nesse momento, não devemos tocar em assuntos políticos e sociais, pois isso deixa Yegor agitado. Pergunto-me se seu Peter conseguirá lidar com ela. O fato de ele acreditar que é capaz disso revela muito sobre seu caráter. A você, querida, ele não puxou em nada; saiu exatamente como o pai, que conseguiu impressionar até mesmo você, não é verdade? Ah, minha menina ainda é muito infantil para se deixar impressionar por qualquer coisa nesse mundo. Eu gostaria que ele conseguisse conquistar o coração dela, nem que fosse para ela ter você como sogra. Mas seu filho, com sua robustez e sua solidez, também faria bem a ela. Jessika floresce, o ar do campo tem feito bem a ela, que é nossa Hebe de bochechas rosadas. Espero que nosso pequeno *intermezzo* noturno não me perturbe por muito tempo.

Abraços e beijos de sua
Lussínia.

Jessika a Tatiana

Kremskoie, 25 de maio.

Adorada tia!

Foi muito bom eu ter ficado aqui. Neste momento, mamãe está em uma fase na qual se ocupa única e exclusivamente de seu Yegor, nosso pai. E um espírito deve estar pairando sobre esta casa. Em alguns dias chegará nosso automóvel, imagine só, tia! No último instante, mamãe sugeriu que seria melhor não termos um, pois é perigoso, e isso deu à questão o empurrão que faltava para que papai tomasse sua decisão. Com efeito, segundo ele, não deveríamos levar a apreensão de mamãe em consideração; ela teria de aprender a lição, de uma vez por todas, do contrário ficaria velha demais para isso. Papai não quer ter chofer; isso representaria um aumento dos custos, e ele não quer gente estranha em casa. Nosso Ivan vai aprender a dirigir. Velia disse: "Se com nosso coche o paizinho já cai na vala, onde vai parar com o automóvel?". Papai disse para Velia não exagerar; afinal, Ivan também está sóbrio com frequência. Com um suspiro, mamãe torceu para que ele também estivesse sóbrio quando resolvêssemos sair. Sugeri que andássemos de carro apenas de vez em quando, assim certamente nossos passeios coincidiriam com os frequentes períodos de sobriedade de Ivan. Mamãe gostou muito da ideia, mas Kátia se destemperou, dizendo que, se for assim, não faz sentido ter automóvel, que ela queria sair todos os dias e assim por diante. Por sorte, Liu interveio, explicando que era um diletante em questões automobilísticas e gostaria de se aperfeiçoar; desse modo, poderia substituir Ivan de vez em quando. Mais tarde, quando papai não estava presente, Velia disse: "Papai vai preferir que Ivan dirija, pois acha que os bêbados estão nas mãos de Deus". Como você deve saber, isso é um dito popular.

Preciso lhe contar mais uma coisa sobre nosso Ivan. Ontem, na hora do almoço, Velia disse que perguntara a ele o que achava de Liu, pois havia notado que Ivan não gostava dele. Ivan teria desconversado e não quis dizer nada. Velia insistiu que Liu era simpático, honesto, prestativo, inteligente, habilidoso, e Ivan concordou com tudo isso, mas, por fim, disse: "Ele é instruído demais para o meu gosto". E Velia respondeu que papai também era instruído; então, Ivan teria exibido seu olhar astuto, balançado a cabeça e dito: "É o que se vê por fora, mas, no fundo, ele é um sujeito bom como nós". Todos nós rimos muito, e Liu mais que todos. Ele ficou de fato encantado com a observação e nela viu toda sorte de profundidade. Liu não pergunta se alguém gosta dele ou não. Acho isso nobre da parte dele.

Querida tia, tenho cantado Tristão, Isolda, Brangäne, rei Marke e mais alguns personagens heroicos. Consegue me imaginar fazendo isso? Papai olhou para a partitura apenas de relance e com relutância, e obviamente só canto quando ele não pode ouvir.

Sua Jessika.

Liu a Konstantin

Kremskoie, 27 de maio.

Caro Konstantin!

Você acha que talvez eu consiga cumprir minha meta usando o automóvel. Com efeito, se fosse possível arranjar as coisas de forma que o governador quebrasse o pescoço, e eu, o pulso! Sabe como fazer isso? É claro que essa ideia passou por minha cabeça, tão logo o automóvel se tornou o assunto das conversas, e, tendo isso em vista, pronunciei-me a favor da aquisição e me ofereci para bancar o chofer de vez em quando, o que foi acolhido com aplausos. No entanto, além da mencionada dificuldade, essa estratégia tem a desvantagem de que eu perderia muito tempo com o treinamento, provavelmente sem sucesso e com certeza sem nenhum deleite para mim. Não sou um esportista. Não gosto de desperdiçar meu tempo e minha atenção com esse tipo de coisa. Eu me interessaria, por exemplo, por andar de dirigível, mas aqui não se trata de esporte, e sim de trabalho e ação, com toda sorte de finalidade científica, tanto principal quanto secundária. Mesmo assim, vou me ocupar um pouco do automóvel; pode acontecer de eu precisar usá-lo para uma fuga rápida.

Ocorreu-me outra ideia, que sinto que trará bons frutos. Talvez eu não precise participar pessoalmente do ato; uma máquina faria o meu papel. Imagino que poderia ser uma máquina de escrever. Darei mais detalhes quando o plano estiver um pouco mais amadurecido. Talvez eu venha a precisar da sua arguta colaboração, para que a máquina seja adaptada a essa finalidade sem que o fabricante descubra.

Desde aquela noite, a sra. Rasimkara está diferente, pálida, quase um pouco tímida e sempre ao lado do marido. A provável explicação para tanto é que meu comportamento dobrou sua apreensão, pois deve ter concluído que considero seu marido em grande perigo. Talvez ela não esteja dormindo bem desde essa ocasião. Anteriormente, minha segurança e despreocupação tinham o efeito de tranquilizá-la. Certa reserva em relação a mim, que ela demonstra menos do que deixa transparecer contra sua vontade, poderia justificar-se pelo fato de que a lembrança de nosso encontro noturno, que foi tão estranho, tão fugaz e, no entanto, tão impressionante, e do qual ninguém além de nós tem conhecimento, a faz sentir-se constrangida ou, pelo menos, perturbada em algum sentido. Ela não tem nenhuma suspeita em relação a mim, disso tenho certeza; ao contrário, trata-me com mais gentileza e consideração. Como tem estado quase sempre perto do marido, sou obrigado a passar mais tempo com os filhos, dos quais me tornei confidente e amigo dileto.

Não se afaste de São Petersburgo nos próximos dias, pois posso precisar de você por causa da máquina de escrever.

Liu.

Velia a Peter

Kremskoie, 28 de maio.

Caro Peter!

Hoje quase aconteceu uma catástrofe familiar, da qual, é claro, não participei ativamente. Kátia começou a falar à mesa sobre o que tem ocorrido na universidade; disse que, para ela, essa história não faz diferença, pois não precisa ganhar o próprio sustento, mas para a maioria seria desastroso ter de interromper os estudos por tempo indeterminado. Ainda relativamente tranquilo e controlado, papai respondeu que, sem dúvida, seria uma calamidade para muitos; razão pela qual deveriam ser punidos com maior rigor aqueles que, com sua ação rebelde, haviam causado essa calamidade a seus colegas de maneira deliberada. Então, Kátia não se conteve. Parecia uma cachoeira artificial que, de repente, é acionada. Disse que esse era o modo de agir de déspotas injustos, que caluniam as vítimas e despejam a própria culpa em cima delas! Demodov e os outros eram mártires; as autoridades poderiam executá-los ou mandá-los para a Sibéria, mas não lhes roubar a glória de terem agido com bravura e altruísmo. De resto, acrescentou, quase todos pensavam como ela. Você, por exemplo, também já teve a intenção de resistir aos cossacos. Se o detiveram no caminho para a universidade, foi por mero acaso; do contrário, papai também poderia tê-lo enviado para as minas. Mamãe finalmente conseguiu interrompê-la, dizendo que decerto papai teria feito isso, sim, se tivesse considerado seu dever; pois, sem dúvida, continuou minha mãe, Kátia sabia muito bem que papai se deixa guiar por seu senso de dever e, portanto, ela não deveria criticar as ações dele. Eu disse à minha irmã: "Se ele tivesse o mesmo cérebro de pardal que você, é óbvio que agiria de outro modo", e, como resposta, recebi um olhar fulminante. Papai estava muito pálido, e suas sobrancelhas pareciam um raio preto em zigue-zague, extremamente sugestivo. Se não fosse Kátia, teria irrompido uma verdadeira tempestade que varreria a mesa e todas as cadeiras; portanto, até que ele se conteve bastante. Além do mais, a presença de Liu acaba eliminando qualquer catástrofe; de certa forma, sua calma altiva dispersa toda eletricidade acumulada, ou então ele dispõe de tanta força que é capaz de concentrar em si essa eletricidade e torná-la inofensiva. Ele estava ali, sentado, com uma expressão tão fria quanto a de Talleyrand[2], e provou que cada um de nós tinha razão, de modo que todos nós tivemos de nos calar e nos dar por satisfeitos. Segundo ele, sem dúvida havia injustiças na ordem de fechar a universidade; por isso, ela poderia ser inteiramente justa dentro do sistema ao qual pertencia. Ele não estaria, de maneira alguma, aprovando esse sistema, que acreditava ter se tornado obsoleto; porém, enquanto prevalecesse, seria preciso trabalhar com suas leis. Papai olhou para Liu com interesse e certo espanto, e perguntou o que ele quis dizer ao afirmar que não aprovava o sistema. Nenhum governo é perfeito, opinou meu pai, pois a natureza humana é imperfeita. Em sua opinião, seria melhor garantir que todos cumprissem o próprio dever, em vez de denunciar os erros do sistema. Liu disse que, sem o princípio de que cada um tem de cumprir o próprio dever, nenhum sistema social poderia se manter. Ele acredita que o sistema dominante erra ao não cultivar o senso de dever, pois, em seu lugar, colocou apenas leis e prescrições. Isso se justificaria para uma cultura primitiva, mas, nos tempos atuais, o povo não é mais um rebanho; é feito de indivíduos. Nenhum conhecedor de arte deixará de admirar a pintura bizantina, com suas formas rígidas; talvez se possa até lamentar que o individualismo a tenha violado; talvez se possa até acreditar e desejar que um dia voltaremos a ela por algum desvio; mas, em sã consciência, ninguém poderia querer que o desenvolvimento retrocedesse àquele nível.

 Ele falava de maneira tão amável, galante e quase afetuosa que papai se mostrou bastante animado e aceitou tudo com entusiasmo. Creio que tenha sentido estar inteiramente de acordo com Liu.

 Portanto, as coisas voltaram a seu devido lugar à mesa; porém, mais tarde, a raiva reprimida de Kátia extravasou-se contra Liu. Segundo ela, o rapaz teria se comportado de maneira desprezível; deveria tê-la apoiado, pois pensava o mesmo que ela. O que ele dissera poderia até ser bonito, mas ela não havia entendido nem queria entender; para ela, o discurso de Liu não passava de retórica para encobrir suas verdadeiras opiniões. De

---

2 Charles-Maurice de Talleyrand-Périgord (1754-1838), habilidoso político e diplomata francês, considerado traidor por ter enganado muitos reis.

mim, ela não esperava nada além de falsidade e covardia, mas pensou que ele fosse mais orgulhoso. Ela me pareceu adorável, como um passarinho que se irrita, eriça sua crista, dá bicadas ao redor de si e pia nos mais elevados tons. Aparentemente, Liu também a achou adorável, pois acolheu suas tolices com gentileza. Já eu fui embora no meio da discussão, pois a moça bonita do vilarejo esperava por mim.

Trouxe para meu pai uma seleção dos doces mais refinados do turco. Ele os adorou e disse que logo tinha imaginado que havia uma razão para eu sempre pedalar até o vilarejo. De resto, comeu mais do que eu e nem sequer ficou enjoado. Ele é mesmo um homem extraordinário; comparado a ele, sou decadente. Contudo, não pode ser comparado a Liu. Meu pai é como um belo punhal com cabo ornamentado e bainha decorada com pedras preciosas de diversas cores, como de vez em quando vemos expostos em museus. Já Liu é como o arco simples de Apolo, que nunca lança flechas perdidas. Sem nenhum adorno, esguio, elástico, belo por sua perfeita funcionalidade, uma imagem da força divina, da precisão e da falta de escrúpulos. Ah, Deus, estou escrevendo a um bicho-preguiça siluriano, não a um grego com faro apurado. Não se atormente com o alcance de minhas imagens poéticas nem triunfe se elas forem claudicantes. Um Aquiles claudicante sempre chega antes de um brontossauro empacado na areia.

Velia.

Kátia a Peter

Kremskoie, 30 de maio.

Caro Peter!

Não estamos noivos, e eu até já lhe disse certa vez que nunca me casaria com você, mas, como sei que você ainda pensa nisso, quero lhe contar uma coisa. Conheci o homem com o qual quero me casar, se um dia vier mesmo a me casar. O único que posso amar. Não me pergunte quem ele é, não me faça nenhuma pergunta. Eu nem precisaria lhe dizer nada disso; faço-o apenas porque lhe quero bem, porque o considero um amigo e porque, desde nossa infância, você me vê como sua futura esposa. Decerto, nada posso fazer a respeito. Ninguém além de você pode saber disso.

Kátia.

Lussínia a Tatiana

Kremskoie, 2 de junho.

Minha querida Tatiana!

De algum lugar cai uma pequena sombra em nosso verão, que não tem sido nada além de belo. Talvez, justamente por ser tão belo, ele precisa trazer a marca de sua natureza terrena. Neste momento, estou bastante preocupada com Jessika. Já não consigo esconder de mim mesma que ela ama Liu. Sem saber, ela orienta todo o seu ser para ele: eu poderia dizer que ela é uma espécie de relógio de sol, que nos permite identificar onde está seu astro. Ele também tem algo solar; é como se irradiasse uma força criadora de vida, na qual decerto a vida também pode fenecer. Sobre Velia e Kátia, ele exerce uma influência saudável; estimula-os a pensar e a elevar sua atividade intelectual. Já para minha pequena Jessika, temo que seus raios sejam quentes demais. Ela precisa de calor, mas não pode ficar em meio ao fogo. Pelo menos, assim me parece. De vez em quando, tenho a impressão de que não apenas ela tem uma queda por ele, mas de que ele também é ligeiramente atraído por ela. Será que ele a ama? Se for isso mesmo o que acredito ter notado, não posso deixar de me regozijar, pois uma mãe sente toda dor e toda felicidade junto com os filhos. Mas seria desejável que isso acontecesse? Seria uma felicidade para ela? As opiniões de Liu e, o que é mais importante, toda a sua concepção da vida diferem muito da de Yegor e da minha; é o que sinto. Também no que se refere à educação e ao estilo de vida, ele está mais distante das crianças do que elas próprias podem imaginar. Comparado a nós, talvez ele esteja com a razão, mas será que isso garantiria uma convivência duradoura? O que Yegor diria? Ele nada tem contra Liu, é livre dos preconceitos habituais, mas gostaria de casar nossa menina com um homem cuja conduta lhe fosse familiar, com o qual todos nós pudéssemos formar uma família. Além do mais, minha querida, ele é sonâmbulo! Para mim, isso é quase o mais assustador de tudo. Ah, meu Deus, sei que é tolice, mas às vezes desejo que Liu nunca tivesse vindo até nós ou que nos deixasse.

À tarde.

Liu é mesmo uma pessoa estranha! Tem olhos que leem o coração. Eu tinha acabado de escrever a última frase quando ele veio até mim e disse que se sentia muito bem entre nós e que também tinha a sensação de que gostávamos dele, mas que sua presença era dispensável e achava que seria mais correto se partisse; queria conversar comigo a respeito. Falou com muita confiança e simplicidade, de maneira quase infantil. Fiquei muito comovida e disse que, embora minha preocupação com a vida de meu marido tenha aos poucos se atenuado, ele, Liu, também atuava como secretário. Meu marido não tem condições de escrever no momento, pois ainda sofre de cãibra do escrivão, e relutaria em se familiarizar com outro senhor. Além disso, decerto não encontraria ninguém com a formação e os conhecimentos de Liu. Ele respondeu que já havia pensado a respeito e que, para meu marido, sem dúvida a melhor solução seria habituar-se a uma máquina de escrever; assim, não dependeria de ninguém. Afinal, possivelmente muitas de suas correspondências deveriam permanecer confidenciais. Elogiei muito essa sua ideia – de fato, acho-a deveras sensata – e disse que Yegor poderia, sim, adquirir uma máquina de escrever, mas levaria um bom tempo até conseguir lidar com ela, caso viesse mesmo a querê-la, e, mesmo assim, ela não o substituiria por completo. Claro, se ele quiser ir embora por alguma razão, é outra história. Ele respondeu que, se a questão fosse ser feliz na vida, ele envidaria todos os esforços para sempre poder permanecer conosco. Disse que, entre nós, conheceu toda sorte de alegrias, que antes não acreditava que existissem, e recebeu impressões que não se apagarão de sua memória. No entanto, considera um desígnio do ser humano ou, pelo menos, dele, ser ativo, agir para construir grandes objetivos. Ele seria como um cavalo que, mesmo confortável em sua manjedoura repleta de aveia, tem de obedecer ao toque da trombeta que chama para a batalha. E ele acredita ter ouvido ao longe o toque da trombeta. Perguntei: "Tem algo preciso em mente? Pretende nos deixar de imediato?". Não, respondeu, não tem essa intenção. Ele só queria ouvir de mim a confirmação de que é dispensável aqui e saber se eu seria sincera o suficiente para admiti-lo. Agora vai refletir para onde pretende ir. Enquanto isso, meu marido poderia providenciar uma máquina de escrever e tentar tomar gosto por ela.

Como você pode ver, Tatiana, agora estou triste que isso tenha acontecido. Minha pequena Jessika! Sabe o que acho? É por causa de Jessika que ele quer partir. Deve ter percebido que ela o ama. Ou seu sentimento não corresponde ao dela, ou, consciente de sua própria pobreza e de sua condição de empregado, não quer pedir a mão dela e considera uma obrigação evitá-la. É um comportamento nobre da parte dele, e seu modo de lidar com a situação me parece especialmente elegante. Ele não fez nenhuma insinuação, não opôs nenhuma dificuldade, tornou tudo mais simples. Ele nunca me pareceu tão admirável, e lamento por Jessika, embora me sinta aliviada, pois vejo que o conflito – se é que existe – pode ser resolvido. Que carta! Você teve paciência de ler até o final?

Sua cunhada,
Lussínia.

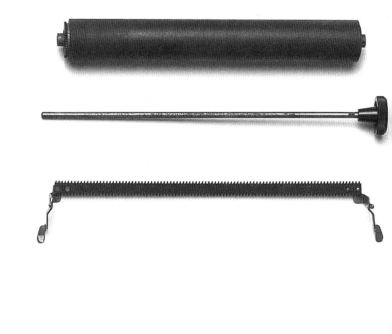

Jessika a Tatiana

7 de junho.

Adorada tia!

Faz tempo que você não recebe notícias nossas? Já eu tenho a sensação de que lhe escrevi ontem. Esses dias de verão têm caminhado a passos leves e rápidos. Ainda mais quando se está atrelado a um automóvel! Liu nos levou um dia para dar um passeio, mas não por muito tempo, porque ainda não se sente seguro. Nosso Ivan sabe menos do que ele, embora tenha treinado diariamente por algumas horas. Papai também tem vontade de dirigir, mas mamãe não quer, pois isso afetaria os nervos dele. Ela sustenta com veemência que dois terços de todos os motoristas terminam loucos ou cometem suicídio em consequência do esgotamento nervoso. Embora papai tenha tentado rebater seu argumento, gritamos em coro que ele tinha de se preservar para o Estado e a família, e por enquanto ele acabou cedendo. Afinal, agora ele tem outro esporte: a máquina de escrever. Ontem à noite, depois do jantar, estávamos sentados na varanda. Fazia um tempo muito bonito, como só aqui pode fazer. Acima de nós, no ébano do céu, cintilavam estrelas úmidas, e na escuridão da terra ao nosso redor, as pálidas bétulas. Estávamos sentados em silêncio, cada um sonhando seu próprio sonho, até que mamãe perguntou a Liu – afinal, ele sabe tudo – que tipo de serpentes havia na região. Ele logo enumerou uma série de nomes latinos e disse que eram todas cobras e víboras inofensivas, criaturas não venenosas. Fiquei pensando se aqueles nomes de fato existiam, mas mamãe acreditou em tudo como se fosse o Evangelho e pareceu bastante aliviada. Com efeito, segundo ela, desde que papai dissera, recentemente, que ninguém conseguiria subir pelo muro liso de uma casa, a não ser as serpentes, ela não conseguia parar de pensar no corpo firme, liso e pegajoso de uma cobra subindo pelas paredes e, muitas vezes, nem dormir à noite. Velia disse que não entendia por que as pessoas tinham medo das serpentes; ele as achava bonitas, graciosas, iridescentes, enigmáticas, perigosas, e jamais seria capaz de se apaixonar por uma mulher que não tivesse algo de serpente. Kátia exclamou: "Tolinho!". E Liu disse que eu tinha algo de serpente, como a habilidade de deslizar sem fazer barulho e certo caráter místico. Então, falou de um conto de fadas do sul da Rússia sobre uma serpente muito assustadora. Um mágico amava a filha de um rei, que vivia trancada em uma torre alta. Por volta da meia-noite, ele escalava a torre como uma serpente, entrava nos aposentos dela pela janela, tornava a assumir sua forma humana, despertava-a e passava a noite em seus braços até o amanhecer. Certa vez, porém, a filha do rei não dormiu e ficou esperando por ele. Então, viu de repente na janela, à luz branca da lua, a cabeça preta de uma serpente, achatada e triangular sobre o pescoço ereto, olhando para ela. A filha do rei levou um susto tão grande que, sem emitir nenhum som, caiu na cama e morreu. Justamente nesse momento, ouvimos o toque de uma campainha no portão do jardim, onde temos um sino velho e enferrujado, que quase nunca é usado e, por isso, tinha caído no esquecimento. Ficamos todos surpresos que mamãe não tenha sofrido uma síncope e morrido, tal como a princesa da história. Papai se levantou para ir até o portão do jardim e ver quem era. Mamãe também se levantou com um salto e olhou para Liu com ar de súplica, como se lhe pedisse para ser o primeiro a enfrentar o assassino, caso houvesse um à espera de papai; e como papai tem de fazer certo esforço para se levantar e dar os primeiros passos e Liu consegue caminhar com rapidez, ele chegou primeiro ao portão e atendeu o carteiro, que trazia uma caixa. O homem disse que, na verdade, não deveria fazer mais nenhuma entrega naquele dia, mas seu superior lhe dissera que a caixa vinha de São Petersburgo e talvez contivesse algo importante, e como se tratava do senhor governador, por quem o chefe tinha especial admiração, quis mandar entregá-la de imediato. Bem, o carteiro recebeu uma gorjeta, e na caixa havia a máquina de escrever. Liu a desembalou no mesmo instante e começou a escrever. Papai também quis usá-la, mas não conseguiu fazer nada. Todos nós também tentamos, mas conseguimos tão pouco quanto ele. Apenas eu – honestamente – consegui alguma coisa. Depois, observamos como Liu escrevia. Após algum tempo, papai tentou de novo e, como Liu disse que ele tinha talento, ficou todo satisfeito. Mamãe ficou muito feliz e disse que tinha até se esquecido da serpente, de tão linda que era a máquina de escrever. Velia indagou: "O que vocês pretendem fazer com esse trambolho?". E Kátia opinou que não via serventia naquele objeto. Afinal, já que com ele teríamos de usar os dedos, poderíamos muito bem escrever à mão; mas ela foi voto vencido.

Está bem informada agora, minha única tia? Então, só me resta lhe dizer que as rosas começaram a florescer, as de cem pétalas e as trepadeiras amarelas, cujo perfume é tão singular. Também floresceram as rosas selvagens, e os morangos estão amadurecendo. Além disso, papai tem estado de excelente humor e recentemente até perguntou se não vamos receber nenhuma visita neste verão!

Sua Jessika.

Liu a Konstantin

Kremskoie, 9 de junho.

Caro Konstantin!

Sim, você é meu amigo, sinto isso. Você honra e estima o que consideramos ser meu aspecto mais elevado, mas também conhece e ama meu outro lado, o fluxo antigo do sangue de meus antepassados, cujas ramificações insondáveis intervêm em toda parte e me fazem sofrer. Não quero esconder de você que sofro. Faz tempo que você mesmo notou isso. Talvez eu nunca tenha sofrido tanto, mas também sei que isso será superado. Desde o primeiro momento, quando entrei no ambiente dessas pessoas, tentei dominar todas elas, e todo o restante provém disso, pois não apenas o dominado é subjugado; o dominador também o é. Meus êxitos se tornaram tão desastrosos para mim quanto meus fracassos. Posso até conseguir enganar o governador, mas não tenho nenhuma influência sobre ele. Isso fere um pouco minha vaidade, mas lamento principalmente por tudo o que resulta disso. O homem tem um poder de encantamento ao qual não sou insensível, embora esse poder emane de forças que não considero as mais elevadas. É possível ver nele as características de uma estirpe na qual o fogo da vida ardia com mais intensidade e beleza do que nas pessoas comuns. Ele tem algo de perfeito em si, embora não seja perfeito de maneira alguma. Gosto justamente de sua inacessibilidade; acho que ele cresceu na luta da vida, tornou-se mais sólido e duro, mas não ampliou seus horizontes, não absorveu nada de novo. Isso é uma limitação, mas lhe confere certa intensidade. Por outro lado, ele não perdeu nada; ainda tem em si muito da insensatez, da obstinação e da afetuosidade da infância, o que não costuma ser preservado por quem assimila muitas coisas novas que não lhe são familiares. Seu eu é pleno, tão exuberante, concentrado e orgulhoso que chega a doer em quem o toca; e, justamente por ele ser assim, tenho de destruí-lo. Certa vez, tive a esperança de poder conquistá-lo, de poder abrir para ele outros pontos de vista. Não escrevi nada a você sobre isso; era algo muito importante para mim, e eu já intuía que seria em vão. Meu Deus, esse homem, esse sol quente e cego! Passo como um cometa ao lado dele, e ele não suspeita que, no momento em que nossas órbitas colidirem, ele será despedaçado! Quanto a seus filhos, prefiro me calar. Melhor, muito melhor teria sido se eu tivesse exercido sobre o pai a mesma influência que exerço sobre eles. Isso soa uma tolice; afinal de contas, é natural que a juventude se deixe influenciar e dominar com mais facilidade do que a velhice, mas será que ao menos uma vez na vida não poderia ter acontecido o contrário, por acaso ou por milagre? Como não é esse o caso, tento pensar que não tenho escolha, que preciso fazer o que reconheci como necessário, que o poder de cura da juventude é efusivo, que talvez seja útil a essas crianças que se divertem serem sacudidas pelo destino. Ah, meu Deus, o que significa "útil"? Elas eram tão magníficas em sua vida de sonho! Contudo, uma hora isso tem de acabar. Crianças com rugas e costas encurvadas são caricaturas, e sua transformação deve iniciar-se no momento oportuno. Talvez até eu mesmo possa ajudá-las nessa mudança. Tudo o que uma pessoa puder querer é possível; mas o querer requer audácia.

Não tornarei a lhe escrever nesse tom. Também espero que você não me interprete mal. Não há dúvida em mim. E não responda a todas essas coisas! Ninguém pode me consolar, e sei que você me entende.

Liu.

Velia a Peter

Kremskoie, 11 de junho.

Caro Peter!

Se quiser presenciar um momento histórico, esteja amanhã ou depois de amanhã em casa. Nosso fiel Ivan caiu na vala com o automóvel, fato que ele atribui à perfídia do veículo, e nós, à aguardente. Como ele passou várias horas na vala com o automóvel, estava bastante sóbrio quando voltou para casa, e a controvérsia ficou sem solução. O automóvel sofreu mais do que ele, parece uma tartaruga sem casco, mas ainda anda. Mamãe ficou muito feliz com o resultado e achou que podemos deixá-lo como está até Ivan adquirir experiência suficiente para não nos levar para a vala também. Papai, por sua vez, disse que não pode deixar o carro rodar nesse estado, mesmo que ninguém além de Ivan se sente nele. Isso afetaria sua própria reputação. Seria como se suas filhas saíssem na rua com roupas todas furadas. Convencidos por esse argumento, decidimos que o automóvel tem de ser reparado, e Liu se ofereceu para levar o calhambeque até a cidade e providenciar o necessário. Jessika quer ir junto, mas Liu acha melhor não, pois, no estado deteriorado em que o veículo se encontra, não seria seguro. Desde essa ocasião, ela tem andado com um semblante tristonho; obviamente, está apaixonada por Liu. Digo "obviamente" porque é impossível que as mulheres não se apaixonem por um homem como Liu, cuja força de vontade penetra cada átomo de sua matéria. Para mim, na verdade, tanto faz. No fundo, no fundo, até mesmo quando estou apaixonado, tanto faz se vou ter minha amada ou não.

Para algumas mulheres, isso também tem certo fascínio, mas o que é de fato irresistível é a vontade. Ninguém pode nada contra ela, é a força gravitacional da alma. Liu tem uma vontade determinada em relação a tudo. Eu não suportaria viver desse modo nem por um ano, e ele já vive assim há 28 e, provavelmente, ainda tem muitos pela frente. Duvido que seja capaz de permanecer por muito tempo interessado em uma única mulher. Ele deveria ser apresentado à poligamia. Não se preocuparia muito com as mulheres, mas elas passariam semanas sorvendo uma frase que ele deixasse escapar ao passar, e ficariam satisfeitas. Bem, ele vai fazer uma visita à sua mãe. Veja-o com seus próprios olhos!

Velia.

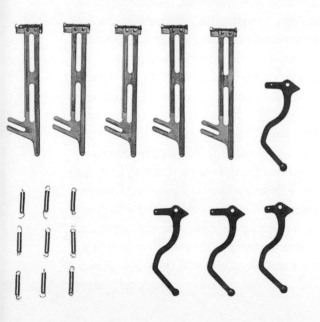

Liu a Konstantin

Kremskoie, 11 de junho.

Caro Konstantin!

Amanhã ou depois de amanhã irei a São Petersburgo e espero encontrar você. Trata-se da instalação de um dispositivo na máquina de escrever; por isso, prefiro conversar com você pessoalmente. Ela pode ser configurada como explosivo ou carregada com um tiro de revólver. No último caso, não teríamos certeza de que a bala atingiria seu alvo. Em breve, vou mandá-la para a fábrica onde foi comprada, com a desculpa de que precisa ser consertada. Ela deve ir para lá e de lá ser enviada de volta, para que, em uma posterior investigação, nenhum rastro conduza a mim. Sua função será garantir que ela não seja enviada para cá sem ter sido preparada para nossos objetivos. Portanto, você terá de dispor de um funcionário da fábrica ou da ferrovia. Não há pressa. Reflita com calma sobre as precauções que terá de tomar.

Liu.

Jessika a Tatiana

Kremskoie, 12 de junho.

Adorada tia!

Eu gostaria muito de visitá-la, mas não posso! Queria muito ir até sua casa com o automóvel destroçado, justamente por ele estar tão danificado. Imagine a cena: eu, toda arrumada, descendo da lataria destruída como uma dríade saindo do tronco oco de uma árvore. E, acima de tudo, eu veria você, fortaleceria meu caráter com a difícil tarefa de admirar, sem sentir inveja, sua face em flor, sua pele polvilhada com o brilho da eterna juventude. Temo que, no momento, minha face esteja pálida e umedecida pelas lágrimas, de tão decepcionada que estou por não poder acompanhar Liu.

Ficaremos sem nosso guardião, tia. Sugeri que nós três brincássemos dia e noite de pega-pega ao redor da casa, assim certamente ninguém conseguiria se infiltrar aqui dentro sem ser visto. O bom Velia também estava disposto a participar da brincadeira, mas Kátia não. Ela disse que não é mais criança. Liu levará esta carta a você. Enquanto isso, deixe que ele a proteja, mesmo que você não precise.

Sua Jessika.

Velia a Peter

Kresmkoie, 14 de junho.

Se no momento não estou muito ativo, no fundo é porque minha família sempre convida à contemplação. Meu temperamento introspectivo surgiu ao se adaptar à agitação atual. Tomar parte nela seria uma insensatez. Hoje, a bruxa está solta de novo. Ainda exausto de ontem – desde que Liu partiu, tenho de ficar sempre à espreita até meia-noite, porque mamãe fareja perigos –, eu estava sentado na biblioteca, folheando um livro, quando Kátia entrou como uma peteca rodopiante e se precipitou até o telefone. Para que seu cérebro não sofra o mesmo abalo que o meu ao presenciar essa cena, quero começar por explicar que Kátia tinha acabado de flagrar Jessika escrevendo uma carta a Liu e, ao ser confrontada por Kátia, Jessika acabou confessando que amava Liu e estava noiva dele. Tive de concluir e adivinhar todas essas informações, algo que não quero exigir de seu cérebro de baleia.

Então, Kátia pede uma ligação para São Petersburgo. Pergunto-lhe com quem ela quer falar. Com Liu, embora não seja da minha conta. Digo: "Por que não espera até ele voltar? Não pode ser nada tão importante assim". Ela: "Como você sabe? Aqui é que não vou mais falar com ele, e lamento tê-lo feito um dia". Eu: "Minha nossa!". Nesse momento, o telefone toca, e Kátia atende. "É o senhor? Blábláblá... Só quero lhe dizer que o desprezo! Blábláblá... O senhor é um hipócrita, um mau-caráter, um judas! Blábláblá. Por favor, não negue! Vai ter o desplante de se defender? Já mentiu o suficiente para mim! Vou contar tudo a Jessika. Apesar de fraca, ela é boa demais para um miserável como o senhor. Blábláblá... Acha que sou mais tola do que sou. Acredita que só o senhor é esperto e todos os outros são imbecis, mas talvez seja o contrário!"

Kátia trombeteou isso tudo com uma voz tão estridente que até meu pai e minha mãe ouviram, acharam que tivesse acontecido alguma coisa e vieram correndo. Perplexos, ambos ouvem e perguntam: "O que significa isso? Com quem ela está falando?". Eu: "Ah, com Liu. Ela está um pouco irritada com ele". Kátia, ao telefone: "Quer que eu o chame de 'você'? Um sujeito tão ardiloso e falso como o senhor? Jamais!". Meu pai e minha mãe: "Meu Deus do céu, o que ele fez?". Eu: "Ah, ela recebeu uma carta dele, endereçada a Katinka Rasimkara, e sente-se ofendida quando acham que seu nome Kátia deriva de Katinka". Meu pai e minha mãe, maravilhados: "Isso é típico de Kátia!". Ambos estão para morrer de rir. Kátia se vira, e lhe digo: "Acalme-se, pombinha!". Fulminando-me com o olhar, ela responde: "Idiota!". E baixa o fone.

Corro para o aparelho, ainda consigo falar com Liu e prometo a ele que vou acalmar os ânimos. Com um suspiro que, mesmo pelo telefone, toca meu coração, ele diz: "Você é o óleo nas ondas tempestuosas da sua família; sem você, qualquer um ficaria mareado". A conversa pareceu tê-lo abalado profundamente.

Não sei se ele estava falando de vocês. Seria muito engraçado se você tivesse ouvido a outra metade da conversa. Uma coisa é certa: Kátia não quer mais saber de Liu, mas, com o tempo, sua raiva vai ceder. Contudo, ainda não é possível dizer se, após ter rompido com a inteligência dele, ela voltará a se entusiasmar com a sua estupidez, Peter; é melhor você não contar com isso. De resto, ela floresce de maneira excepcional em sua desilusão. Só tenho a lamentar por Jessika. Para mim, ela é como um passarinho que teve o ninho destruído, suporta a chuva e a tempestade com resignação, pia com medo e cautela e, às vezes, espreita com a cabecinha despenteada para ver se as coisas não vão melhorar. Creio que passou horas chorando, pois, em seguida, seu rosto ainda tremeu por um bom tempo. Algo nela é tão doce quanto um figo muito maduro e tão macio quanto um floco de neve, que derrete na mão. Faria muito bem a ela se vocês se casassem; mas você notou primeiro Kátia e, pela lei da inércia que o governa, com ela você passa por poucas e boas e considera que isso é ter caráter. Para você, tanto faz de quem vai cuidar, mas, para Jessika, seria bom ser protegida do mundo por sua carapaça de dinossauro. Kátia, por sua vez, não tem necessidade de um muro antediluviano como esse e, a longo prazo, talvez nem conseguisse suportá-lo. Mas não quero ser tolo a ponto de pregar juízo a quem não tem.

Kátia tem discernimento suficiente para silenciar a verdadeira situação a meu pai e minha mãe, mas, quando papai a chama de Katinka para zombar dela, ela me lança olhares irados, que levam os outros ao riso. Adeus!

Velia.

Liu a Konstantin

Kremskoie, 17 de junho.

Caro Konstantin!

Foi muito útil eu ter persuadido a sra. Tatiana a vir comigo a Kremskoie. A influência que exerço sobre ela impressionou o governador e sua família, pois eles admiram muito essa parente, que desempenha um papel importante na sociedade. Ela é bonita e inteligente o suficiente para saber o quanto uma mulher pode revelar de sua inteligência. Tem um bom intelecto, embora não seja instruída. Gosta dos prazeres intelectuais que podem ser obtidos sem esforço; por isso, prefere a companhia de pessoas que pensam, têm conhecimento e sabem dar uma forma inspiradora ao resultado de seu próprio trabalho mental. Sua ausência de preconceitos seria ainda mais admirável se ela a utilizasse para arriscar alguma coisa, mas a essa dama totalmente apolítica é concedida de bom grado a liberdade de colorir a monotonia social com sinceridade ingênua.

Seu filho Peter, que desde a infância ama Kátia, persiste de maneira imperturbável em seu amor, mesmo sem ser correspondido. Visto de maneira superficial, ele tem algo dos gigantes bondosos dos contos de fadas. Com uma espécie de humanidade infantil e senso ingênuo de justiça, ele se inclui no partido revolucionário. Ainda que não tenha me recebido de braços abertos, pois sente ciúme de mim por sua prima me preferir a ele, demonstrou uma imparcialidade respeitável. Com outros estudantes que, como ele, dispõem de recursos significativos, arranjou aulas particulares de medicina, para que, com seus colegas, pudesse continuar seus estudos e, ao mesmo tempo, é claro, protestar contra as medidas do governo. Kátia quer participar dessas aulas, que se iniciarão em breve. Até então, o governador nada sabia a respeito e ficou profundamente consternado ao descobrir que essa iniciativa partiu de seu sobrinho e, mais ainda, ao descobrir que Kátia quer participar dela. Como nunca consegue ser severo o suficiente com Kátia, começou a criticar sua irmã Tatiana por ela não ter impedido o filho de tomar atitudes tão desagradáveis e quixotescas. Ela sorriu como uma criança e disse que seu filho era adulto e que não podia mandar nele.

Pediu ainda que seu irmão não a incomodasse com questões políticas, das quais, afinal, as mulheres estão excluídas. Por que ela deveria formar um julgamento que não poderia fazer valer? Especialmente em ocasiões sociais, deveriam ser proibidas conversas sobre questões políticas, nas quais até mesmo o homem mais inteligente se torna o asno mais tacanho e grosseiro. De resto, acrescentou, na verdade ela achava que um jovem tinha todo o direito de buscar a formação necessária para sua profissão se o Estado o privasse dos recursos para tanto, pois um homem precisa ter uma ocupação.

Kátia interveio, dizendo que era um escândalo fechar as faculdades. O que o governo estava pensando? As universidades eram corporações independentes. Será que os pais também teriam de pedir autorização ao tsar para ensinar os filhos a ler e escrever?

O governador respondeu que, se a universidade tivesse se contentado em transmitir conhecimento, o governo a teria respeitado, mas, ao se intrometer nas questões públicas e tomar partido, renunciou ao seu direito de inviolabilidade. A dificuldade ocasionada pelas medidas não seria mitigada pelo fato de alguns, com condições financeiras, arranjarem aulas particulares; a ausência delas seria ainda mais prejudicial aos que não dispõem de recursos. Então, Kátia objetou: "Você não conhece Peter! Ele não está buscando nenhuma vantagem em relação aos pobres! Ele organizou os cursos principalmente no interesse dos estudantes sem recursos financeiros! Todos podem participar, inclusive os que não podem pagar!". O governador enrubesceu e disse que, nesse caso, a situação era pior do que ele havia imaginado. Tinha acreditado que se tratasse, por assim dizer, de aulas particulares, mas o que Peter estava organizando era uma universidade adversária, um desafio, um ato revolucionário. Ele nunca achou que fosse possível sua própria filha unir-se a seus opositores.

Nunca o vi com tanta raiva. Com o cenho franzido, seu nariz parecia soltar faíscas como um punhal recém-afiado. A atmosfera ao seu redor era sinistra, como quando uma tempestade de granizo se aproxima. Kátia ficou um pouco assustada, mas resistiu com bravura. Tatiana, por sua vez, com seu sorriso espontâneo e infantil, continuou a se admirar com a seriedade com a qual seu irmão encarava a situação. A sra. Rasimkara parecia triste. Não sei o que estava pensando, mas creio que, além de mim, era a única com a sensação de que uma desgraça seria inevitável. Não por uma razão determinada, mas apenas porque ela ama, e quem ama teme e pressente.

No momento mais desagradável, eu disse ao governador que ele deveria mandar Velia e Kátia ao exterior. De todo modo, era a sua intenção fazê-los estudar por um período em universidades estrangeiras; assim, eles não lhe dariam mais nenhum aborrecimento por aqui. Essa sugestão desanuviou a atmosfera tempestuosa. Velia ficou encantado. "Sim, papai", disse ele, "todos os jovens de família nobre são enviados ao exterior. Se quiser que nos tornemos alguma coisa, você também tem de fazer isso. Voto por Paris". A sra. Tatiana disse: "Cedo Peter a vocês, para que tenham a companhia de uma pessoa sensata. E Peter precisa mesmo de Paris, pois lhe falta garbo". Como protesto, o governador limitou-se a dizer que considerava Berlim mais apropriado do que Paris, mas pareceu visivelmente persuadido pela sugestão, e estou convencido de que a colocará em prática. Dei essa ideia para que Kátia e Velia estejam ausentes quando o infortúnio acontecer. Ainda vou encontrar um pretexto para afastar Jessika. Penso que agora as coisas progredirão depressa.

Liu.

Kátia a Velia

São Petersburgo, 20 de junho.

Você é um imbecil, Velia! Foi escrever a Peter toda a história com Liu! Eu deveria ter imaginado que o faria. Mas, então, por que você se gaba de não ter dito nenhuma palavra a ninguém? Em primeiro lugar, eu não pedi a você que o fizesse e, em segundo, não acredito em você nem um pouco. Agora Peter está pensando que deve me consolar e que tenho de me casar com ele. É um ser desprovido de toda lógica. De resto, ele é adorável. Meu Deus, é uma pena eu não estar apaixonada por ele! Agora tenho de suportar essa tolice de Peter e, como se não bastasse, ouvir o quanto tia Tatiana está entusiasmada com Liu: como ele é elegante, inspirador e enérgico, para não falar na boa influência que exerceu sobre nós! Pelo menos, veja se presta atenção em Jessika. Não é nada bom ela ter pais como os nossos. Papai não percebe nada. Mamãe acha todo mundo simpático, e você não se importa com nada. Lembre-se de que você é homem. Liu pode aprontar de tudo com você e fazê-lo acreditar em qualquer coisa, como se você estivesse apaixonado por ele. Isso é indigno. Quando tia Tatiana não está falando de Liu, ela é encantadora e muito sensata. As aulas ainda não começaram. Como está a história de Paris? Papai concordou? Se necessário, vamos para Berlim, é claro. Quando já estivermos no exterior, o restante se arranja. *Adieu!*

Kátia.

Jessika a Kátia

Kremskoie, 20 de junho.

Minha doce besourinha! Eu preferiria chorar a lhe escrever, mas, desse modo, você ficaria sem nada. Não consigo me livrar da sensação de ser culpada por você ter ido embora. Alguma culpa eu tenho, isso sinto com certeza, a começar pelo fato de eu ter escrito a Liu. Você não pode negar que ficou fora de si por conta disso. Primeiro pensei que você também amasse Liu, mas ele riu e disse que decerto não era esse o caso, e, quando eu vi vocês juntos depois, já não tive a mesma impressão de antes. E, se você o amasse, não o amaria como eu; não morreria se ele não correspondesse ao seu amor. Mas isso é o que eu faria. Você não é de se apaixonar seriamente, não é mesmo, maninha? Velia sempre diz que você não é tão sentimental como eu. Escreva algo para me consolar! Neste momento, todos estão insatisfeitos. Papai anda muito nervoso desde que vocês partiram. As visitas sempre o afetam um pouco, mas acho que ele está assim sobretudo por causa das suas aulas. O que mais lhe desagrada é saber que sua filha e seu sobrinho estão envolvidos em algo que vai contra o governo. Ontem foram descobertos alguns livros que Velia pegou emprestados há um ou dois anos da biblioteca e se esqueceu de devolver. Como agora o custo disso é considerável, papai ficou furioso e fez um escândalo. Disse que Velia é descuidado e esbanjador, que age como se fosse milionário e que ainda levaria todos à miséria. Mamãe interveio, tentando defender Velia, e papai ficou bravo de verdade. Na hora do almoço, quando nos sentamos à mesa, todos estávamos sérios e calados, e papai olhava fixamente para a frente, com ar sombrio. Mamãe pegou sua *lorgnette* e, desconcertada, olhou de um para o outro. Por fim, observou papai por um momento e perguntou com carinho: "Por que você está tão pálido, Yegor?". Começamos a rir, inclusive papai, e a atmosfera logo se desanuviou.

Velia ficou desconsolado, sobretudo porque papai disse, entre outras coisas, que não poderia deixá-lo fazer longas viagens por ele ser muito imprudente. Mas disse isso apenas porque estava irritado; acho que, no fim, deixará que vocês viajem.

Peter está atormentando muito você? Não se preocupe por minha causa. Desde o começo, Liu me disse que não pode nem quer pedir minha mão enquanto não tiver uma posição adequada. Quer apenas ser meu amigo. Como você pode ver, ele é um homem honrado. Velia jamais agiria assim. Minha amada joaninha, sinto sua falta a cada hora. Você não?

Sua Jessika.

Lussínia a Kátia

Kremskoie, 21 de junho.

Minha pequena Kátia!

Você conseguiu o que queria. Está feliz por estar na cidade? Isso a deixará melhor, mais inteligente e feliz? Não quero esconder de você, minha querida, que fiquei triste por você ter partido, mesmo vendo o que estava causando a seu pai. É tão difícil para você compreender isso? Pois, se tivesse compreendido corretamente, não poderia ter feito o que fez. O que mais dói em seu pai não é o fato de você pensar de maneira diferente, tampouco o fato de você agir contra os desejos dele. Mas ele a ama demais para proibir a você o que proibiria aos outros. Ele a ama, apesar de você fazer algo que levaria qualquer outra pessoa a perder a simpatia dele. Isso o deixa confuso consigo mesmo, com seu sistema e com tudo. Por que você inflige isso a seu pai, um homem que está envelhecendo e que a ama? Você obtém algo significativo para você ou para outras pessoas? Ah, às vezes acho que nossos filhos existem para se vingarem de nós, mas eu não saberia dizer por quem nem por quê. Os filhos são os únicos seres em relação aos quais somos totalmente altruístas; por isso, são os únicos de fato capazes de nos aniquilar. Daqui a alguns anos, talvez você também se torne mãe e me compreenda. Então, saberá que posso fazer essas observações sem que meu amor por você se reduza minimamente.

Penso que papai acabará mandando você e Velia para o exterior. Ele já está muito inclinado a fazer isso, e será mesmo o melhor para todos nós. Liu tem sido um apoio para nós nestes dias. Devo a ele minha gratidão, mas preferiria que seu pai e eu ficássemos sozinhos depois que vocês partirem. As férias ainda não tiveram para ele os bons efeitos que eu esperava, talvez por conta das inúmeras intrigas e inquietações que reinaram entre nós. No momento, não temo por ele, pois estou tomada por questões até piores do que os perigos físicos.

Tenha consideração por sua tia Tatiana, minha querida, e por Peter. Não quero persuadi-la a casar-se com quem você não ama, mas tente preservar a amizade de um bom homem.

Sua mãe.

Velia a Kátia

Kremskoie, 23 de junho.

Só Deus sabe de onde seu cérebro de pardal tirou a ideia sensata de partir. Pardais e camundongos também farejam condições desfavoráveis de alimentação, é o instinto, e não quero negar que isso você tem. De fato, está muito desconfortável ficar aqui. Ontem cedo mamãe encontrou outra carta ameaçadora entre seus travesseiros: se Demodov e os outros estudantes não forem perdoados, papai os seguiria ou antecederia na morte. Esse seria o último aviso que ele receberia. No mesmo dia, chegou pelo correio uma carta da mãe de Demodov, na qual ela implorava a papai que seu filho fosse poupado. Haveria alguma relação entre a carta ameaçadora e essa? Mamãe achou sua mensagem menos assustadora do que o fato de tê-la encontrado apenas de manhã; portanto, a carta teria passado a noite inteira ali. Para ela, isso é sinistro. O que realmente é estranho é como ela foi parar ali. Nossos empregados não fariam uma coisa dessas, está fora de cogitação, mas quem mais tem acesso ao quarto de papai e mamãe? Sem dúvida, deve haver uma explicação razoável, mas não temos como descobrir. Dizem que alguém teria entrado tarde da noite pela janela; isso não me convence, mas, claro, não posso contestá-lo. Liu está muito constrangido, pois sua vigilância se mostrou nitidamente insuficiente. Creio que, no fundo, nos últimos tempos ele nem tem pensado mais nisso. Ele é muito sério, sombrio mesmo. Hoje conversou muito comigo sobre essa história. Toma como certo que o autor da carta ameaçadora sabia da carta da sra. Demodov e, portanto, que ela saiu de seu círculo de amigos. É claro que a sra. Demodov não precisa saber de nada disso. Em primeiro lugar, segundo Liu, provavelmente a carta com a ameaça faria apenas papai dar uma resposta favorável à sra. Demodov, de certo modo, reforçando seu efeito. Contudo, dado o temperamento de papai, falharia por completo em seu intento. Liu disse que prezava e amava papai, pois ele sempre agia de acordo com seu próprio caráter e juízo; mas, por outro lado, era preciso admitir que, ao contrário dele, a revolução estava certa. O governo achou por bem prender um professor respeitado por todos, um dos poucos que tiveram coragem de manifestar sua opinião, e mandá-lo para a Sibéria. Demodov quis defender a ele e os direitos da universidade. No futuro, esses poucos estudantes serão apontados como prova de que, um dia, houve em São Petersburgo homens de coragem e honra. Nesse caso, nas palavras de Liu, basicamente o governo seria o rebelde e bárbaro sem lei, enquanto os chamados revolucionários seriam os guardiões da justiça. Eles estariam agindo de maneira decente ao informar papai de sua opinião e de suas intenções, dando-lhe tempo para tomar outro rumo que os satisfizesse. É óbvio que dei razão a ele, mas disse que podia entender papai por ele não ceder em um primeiro momento. Talvez, argumentou Liu, se papai tivesse certeza de que as ameaças são sérias e serão executadas, ele o faria pelo bem de sua esposa e de seus filhos. Não acredito nisso; em todo caso, ninguém conseguiria convencê-lo disso. Papai é o único que não está nem um pouco abalado com a situação. Gosto disso nele. Não há a menor sombra de temor nele. Se antes ainda havia alguma possibilidade de ele ceder, agora não creio que o fará. Sem dúvida, também há teimosia, obstinação e mania de ter sempre razão em seu posicionamento, mas ele não deixa de ser refinado. Mamãe está triste. Obviamente, acha assustador que os estudantes sejam executados, ou pelo menos Demodov, e que papai poderia mudar essa situação e não o faz. Mas acredito que, se desta vez ela não tentou influenciá-lo de novo, é porque sabe que seria em vão. Papai e mamãe são pessoas muito refinadas; eu não poderia ter escolhido outros pais, embora os temperamentos e as opiniões deles me pareçam estranhos.

    Liu disse ainda que, em sua opinião, por enquanto a vida de papai não corre perigo; apenas quando os estudantes forem, de fato, julgados é que talvez a situação se agrave. No entanto, acrescentou, nossos empregados são de extrema confiança; por isso, quase não há razão para temermos por ele. Perguntei-lhe a esse respeito porque ele me pareceu excepcionalmente sério e pensativo. Ele respondeu que tinha compreendido que teria de nos deixar o mais rápido possível e que isso o deixava triste. Ele o faria de todo modo, mas agora estaria acelerando o processo. Até porque a discrepância entre suas ideias e as de papai era grande demais para ele poder considerar sua colaboração como algo conveniente. Tentei dissuadi-lo.

    Em todo caso, vou permanecer aqui para distrair um pouco papai e mamãe. Eles me compadecem. Jessika está apenas apaixonada. Graças a Deus, eu não estou; é uma condição horrível. Comporte-se bem, pardal, para que papai seja poupado de coisas desagradáveis neste momento.

Velia.

Yegor Rasimkara à sra. Demodov

Kremskoie, 23 de junho.

Prezada senhora,

se seu filho tivesse insultado ou atacado minha pessoa, não seria necessária a intercessão de Vossa Senhoria para que eu perdoasse a ofensa sem impor condições, levando em conta a juventude e o caráter impetuoso do rapaz. Infelizmente, não é à pessoa privada que Vossa Senhoria está se dirigindo, e sim ao representante do governo. Como tal, não posso ser magnânimo, pois, em assuntos de Estado, trata-se não de sentimentos, e sim de utilidade e necessidade. Eu estava ciente do modo de pensar desse jovem e o adverti em tempo, tanto no interesse dele quanto no de seus desafortunados pais. Ignorando minha advertência, ele declarou sua intenção de aceitar as consequências de seus atos. Quero crer que ele próprio não pedirá misericórdia nem criticará o governo por seu rigor.

Talvez eu só tivesse o direito de lhe dizer, prezada senhora, o quanto me sensibilizo com seu caso se eu pudesse atender a seu pedido. Permita-me, contudo, dizer-lhe que eu ficaria muito grato se um dia Vossa Senhoria me desse a oportunidade de lhe provar, com efeito, minha sincera e dolorosa compaixão.

Seu humilde,
Yegor Rasimkara.

Liu a Konstantin

Kremskoie, 24 de junho.

Caro Konstantin!

A sra. Rasimkara ficou muito impressionada com a carta que coloquei entre seus travesseiros. Ela só a encontrou pela manhã, depois de ter dormido a noite inteira sobre a missiva. Além disso, o que julga mais sinistro é o fato de não conseguir entender como a carta foi parar ali. No mais, está serena; tem a convicção de que seu marido está perdido, de que ninguém pode mudar a situação, e espera o destino inevitável. No entanto, esse é um estado de espírito que pode ser dissipado de novo por outros estados de espírito; ou então é uma consciência basilar, que o dia inunda vez por outra como a maré. O governador se mostra praticamente insensível ao incidente, que não deixa de ser perturbador e que ele tampouco consegue explicar. Ele respondeu sem demora à petição da sra. Demodov com um indeferimento. Não se percebe nenhum tipo de mudança nele; contudo, já faz algum tempo que sofre com o comportamento de sua filha Kátia. Ele não parece considerar possível que corre um sério risco; em todo caso, não quer considerá-lo possível.

Previ que as coisas chegariam a esse ponto. Eu teria salvado de bom grado esse homem destemido e inabalável. Por muito tempo, quase acreditei na possibilidade de que seria capaz de fazê-lo. Se eu sofria de arrogância, as experiências que tive nesta casa podem me curar dela. Pelo que vejo, apenas Deus pode mudar um ser humano; ou nem sequer Deus! Isso poderia consolar meu orgulho. O poder que se tem sobre as pessoas é tão pequeno quanto o que se tem sobre as estrelas. Assistimos a elas, quando nascem e se põem em consonância com suas leis inflexíveis.

A esta altura, não vai demorar muito; não há outra saída. Agora, sou eu que não vejo a hora de tudo terminar.

Liu.

Kátia a Velia

São Petersburgo, 25 de junho.

Velia, acho que você ainda não acordou totalmente desde que nasceu. Acorde de uma vez por todas! Tenho recebido críticas de todos os lados. Dos outros, posso até aceitar, mas de você? É inacreditável! O que estou fazendo de errado? O papai tem as ideias dele, e eu, as minhas. Por que ele teria mais direito de viver de acordo com as ideias dele do que eu de acordo com as minhas? Acho que as dele são mais prejudiciais do que as minhas. Afinal, não estou matando ninguém. Talvez por ele ser mais velho do que eu? Que bela razão! No máximo, sua idade depõe contra ele. Mas, sem dúvida, eu o amo tanto quanto vocês, provavelmente mais do que você. Você nem sequer percebe que Liu não pode permanecer em casa tendo o tipo de opinião que manifestou a você. Uma coisa é acharmos que papai está errado e que, no fundo, a oposição não pode ser condenada se o matar; outra coisa bem diferente é um estranho achar o mesmo. O que sabemos de Liu, afinal? Sei que ele não tem nenhum escrúpulo. Sem dúvida, isso impressiona você; no começo, impressionou a mim também. Pode até ser admirável; talvez você também não tenha nenhum escrúpulo, talvez eu o tenha tão pouco quanto ele, mas agora isso não faz diferença nenhuma para mim. Em nossa casa ele não pode ficar. Você não percebe que, na verdade, ele nada faria para impedir que papai fosse morto? Pelo menos, mantenha os olhos abertos e fique atento. Tive uma sensação bastante inquietante ao ler a carta que você me enviou. Ele fixa seu olhar gélido em papai e pensa: "Na verdade, eles teriam razão se matassem você". Pensando bem, o que justifica a presença dele ali? Que ele não seja o homem adequado para Jessika, isso você deve ter percebido. Aliás, ele nem quer se casar com ela; está apenas fazendo-a infeliz. Mamãe também deve ter percebido a história com Jessika e, claro, não pode saber do restante para não ficar preocupada. Ouça, você não pode detê-lo aí; ao contrário, deve dizer a ele: "Sim, vá embora agora mesmo. Você já deveria ter feito isso há muito tempo!". Se você fosse homem, já teria dito a ele há muito tempo que ele tem de sair de casa por causa de Jessika. Seja homem uma vez na vida! Infelizmente, papai não enxerga nem ouve nada. Na verdade, seria melhor se ele desempenhasse na profissão o papel que desempenha conosco e vice-versa; assim, povo e família ficariam satisfeitos. Pobre homem! Ele está sacrificando a si mesmo ao promover seu senso de dever. No entanto, há certa beleza nesse absurdo. Não sei o que me agrada mais: se isso ou a falta de escrúpulos de Liu. Ah, papai é como é, por isso age assim. Temos de vigiá-lo, e você tem de se responsabilizar por ele, está ouvindo?

Kátia.

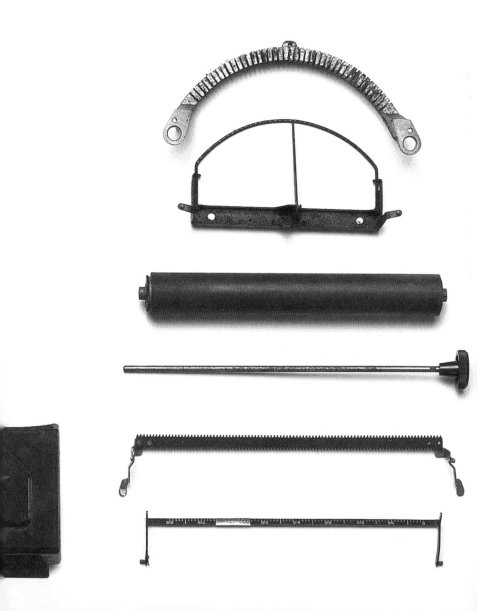

Lussínia a Tatiana

Kremskoie, 26 de junho.

Querida Tatiana!

Parece até que você levou o sol embora com você. Desde sua partida, tivemos dias horríveis de chuva. O dia em que você chegou de surpresa foi tão tranquilo e alegre! Com certeza não teremos outro igual por um bom tempo. Quando viemos para cá, em maio, eu pensava apenas no tempo que teria pela frente e que imaginava indescritivelmente feliz, no qual teria Yegor só para mim, distante dos negócios e das preocupações, e minha sensação era que nada mais aconteceria depois. Deve ser o que todo mundo sente quando tem a felicidade pela frente. A felicidade parece ser eterna – embora, ao contrário, possa ser apenas fugaz. Agora percebo que o verão passará e que, antes ainda de terminar, chegará o momento em que teremos de voltar para a cidade, onde o processo se iniciará com todos os horrores, para os outros e para nós. Yegor não escapará da massa nem da energia do ódio represado. Se eles o conhecessem! Mas conhecem apenas seus atos. E o homem não está em seus atos? Ah, Deus, decidi que não vou fazer nenhum julgamento: há tanto a ser considerado de ambos os lados que eu poderia errar. Mas de uma coisa tenho certeza: Yegor nunca agiria por crueldade inata ou sede pessoal de vingança. Ele sempre acreditou fazer o que é certo, e muitas vezes isso foi difícil para ele. Talvez esteja errado, mas o fato de ele poder errar não o torna menos querido para mim. Ele atribui o mais elevado valor à ordem estabelecida e ao poder legítimo. Minha inclinação me levaria a outra direção, mas isso não me torna melhor do que ele. É algo que está no sangue. O sangue que ele herdou de seus antepassados é diferente do que herdei dos meus.

Ah, Tatiana, meu coração está pesado! Para onde olho, vejo apenas escuridão, uma escuridão tão uniforme que já cheguei a pensar que fossem meus olhos a não conseguir mais enxergar a claridade. Mas me diga onde posso encontrar algo bom e algum consolo? Como terminará o conflito com meus filhos, que estão apenas seguindo suas inclinações, orgulhosos por mal olharem para nós? Será que todo mundo tem de passar por isso?

Sim, talvez tenhamos feito nossos pais passarem por algo semelhante, mas isso não torna a situação menos amarga.

O medo é o pior de tudo. Acho que ele me deixou tão nervosa que já não consigo participar de nenhum momento feliz nem proporcionar nenhuma alegria. Sinto medo sempre, dia e noite, mesmo quando durmo. Isso é o pior. Certamente você pode imaginar como é dormir e sonhar sendo o tempo todo torturada pelo medo. Desde que encontrei a carta debaixo do meu travesseiro, sinto-me como um condenado à morte que não sabe quando a sentença será executada. Como você vê, o assassino deve ter entrado pela janela aberta, rastejado pela casa como uma serpente, parado bem ao lado da minha cama e enfiado a carta embaixo do meu travesseiro. Ele deve ter entrado sem fazer barulho, como uma serpente mesmo. Como você deve se lembrar, em outra ocasião despertei de imediato quando Liu entrou em nosso quarto, pois tenho sono leve. O homem devia ter uma faca ou uma corda na mão e poderia ter matado Yegor ali mesmo, mas quis lhe dar um prazo ou, naquele momento, não teve coragem de seguir em frente, ou simplesmente quis nos deixar angustiados. Cada noite que se aproxima pode ser aquela em que ele retornará e cumprirá sua missão.

E por que Liu não ouviu nada? Bom, por que ele deveria ouvir mais do que nós, que estávamos tão próximos da ocorrência? Diante dessa fatalidade, até sua vigilância é ineficaz. Ele me parece mudado desde que isso aconteceu, está sério e introspectivo, mas essas palavras não descrevem com exatidão suficiente o seu caráter. Decerto ele deve estar sofrendo por não ter conseguido cumprir o que prometeu e o que acredito que ele fosse capaz de fazer. Talvez ele próprio esteja assustado, pois vê que estamos perdidos. Talvez não queira estar presente. E se fosse porque não pode nos proteger ou não deve nos proteger? Naturalmente, por conta de sua opinião. Será que viu e reconheceu os que estão perseguindo Yegor? Será que reconheceu algum amigo entre eles? Ou algumas pessoas que ele considera mais importantes do que nós? Essa suposição – suposição, não, essa teia de pensamentos – parecerá loucura a você. Eu também nunca chegaria a ela se não tivesse visto sua estranha natureza diante de meus olhos. Há algo enigmático nele. Às vezes, chego a estremecer quando seu olhar repousa em Yegor e em mim. Não tenho nenhuma crítica a fazer a Liu; a compaixão que sinto por ele depõe claramente em seu favor. Se for verdade que poderia nos proteger, mas acredita que não deveria fazê-lo, então ele também acredita que está certo. Ó Deus, todo mundo tem razão, todos aqueles que odeiam, matam e caluniam – ó Deus, que mundo! Que situação mais complicada! No final, provavelmente restará aquele que conseguir desatar esse nó.

Admito que meus nervos estão à flor da pele. Nessas circunstâncias, é desculpável, não é mesmo, Tatiana? Yegor não sente medo algum. Gosto tanto dele! Acho que nunca o amei como amo agora. Isso também é uma felicidade. Sei muito bem que, comparada a inúmeras mulheres, sou feliz, mas há uma cortina preta diante desse conhecimento. Será que ainda virá um bom vento para arrancá-la? Pense em mim, querida.

Sua Lussínia.

Velia a Kátia

Kremskoie, 27 de junho.

Katinka, minha pombinha, que absurdo é esse que você me escreveu sobre dormir e acordar? E sobre a falta de escrúpulos de Liu e o senso de dever do papai, que se alternam em impressioná-la? Seja feita a tua vontade, pai! Se você tivesse perspicácia psicológica, teria notado que Liu é um teórico, agir não é do feitio dele. Ele acha que certas pessoas teriam toda a razão se matassem papai. Isso é novidade? Sem dúvida elas teriam razão. No ano passado, quando queriam mandar o imperador pelos ares, concordamos que tinham razão, mas elas não o fizeram. Portanto, você também poderia pensar que eu seria capaz de matar papai. Ninguém faz uma coisa dessas, mesmo que ache isso teoricamente irrepreensível ou até o aprove. A civilidade impede o indivíduo de cometer tal ato. Você ainda está com ciúme, apenas isso. Eu esperava um comportamento melhor de sua parte. O amor torna todas as mulheres tolas e mesquinhas. Admito que, por causa de Jessika, seria melhor que Liu partisse. Só gosto quando eu mesmo estou apaixonado; não suporto que os outros o estejam, pois isso os torna ridículos. Para Jessika, chega a ser uma desgraça. Isso significa que posso imaginar que outras pessoas achem isso encantador. Muitas vezes, ela parece um pequeno pessegueiro florescente em chamas. Em si, um belo fenômeno – mas, quando penso que ela é um ser humano e minha irmã, acho tolo. Eu também disse a Liu que essa questão já tinha passado do ponto e seria melhor que se encerrasse. Ele concordou plenamente e disse que há muito tempo pensa em deixar nossa casa. Ele só queria ter certeza de que mamãe não se oporia à sua partida. Viu como você está errada? Talvez ele vá conosco para o exterior. Naturalmente, isso só dará certo se você se comportar de maneira sensata. Afinal, ele não pode se casar com toda moça que se apaixonar por ele, tolinha! Eu teria feito isso? Quanto a você, não precisa de modo algum se casar. Você é um pardalzinho muito gracioso. Como esposa e mãe, seria ridícula.

Velia.

Liu a Konstantin

Kremskoie, 29 de junho.

Caro Konstantin!

Pedi demissão à sra. Rasimkara. Eu disse que o incidente com a carta me convencera de que minha presença na casa era inútil. Disse ainda que eu havia pensado dia e noite como isso podia ter acontecido, sem chegar a uma conclusão. Pela janela, à noite, ninguém poderia ter entrado, disso eu tinha certeza, pois teria ouvido. Na minha opinião, tampouco se poderia suspeitar dos empregados, que eu considerava incorruptíveis e leais. Ela me interrompeu e disse enfaticamente que não tinha nenhuma dúvida quanto a isso. Continuei dizendo que a única possibilidade seria se um empregado tivesse cometido tal ato sob hipnose. De todo modo, era algo improvável. Isso a interessou muito, e conversamos por algum tempo a respeito. De resto, disse a sra. Rasimkara, ela queria esquecer a história da carta, pois não traria nenhuma revelação. Seu marido não estava disposto a fazer uma investigação séria, ele costumava ignorar cartas com ameaças e não lhes dava muita importância. Até o momento, acrescentou, os acontecimentos vividos tinham dado razão a ele. Não contestei nem confirmei sua declaração. Em todo caso, disse eu, dada a atual situação, ela não precisaria mais de mim, seja porque já não há nenhum perigo, seja porque eu não poderia garantir que teria condições de evitá-lo.

Ela quis saber para onde eu pensava ir e o que pretendia fazer. Respondi que gostaria de terminar minha obra, isso era o mais importante para mim. Se eu me reconciliasse com meu pai, por enquanto permaneceria em casa. Pouco antes, ele me havia escrito uma carta receptiva. Do contrário, eu encontraria abrigo na casa de um amigo. A sra. Rasimkara afirmou, então, que ela e seu marido me deviam gratidão e que eu deveria permitir-lhes ajudar-me caso necessário. Isso não seria uma boa ação, e sim o pagamento de uma dívida. Ela se mostrou séria, amável e extremamente refinada. Se me fosse conveniente, disse ela, eu poderia partir no mesmo instante, mas, se ainda não estivesse seguro de minha futura residência, poderia ficar pelo tempo que quisesse. Respondi que gostaria de tentar chegar a um entendimento com meu pai e ficaria grato se pudesse usufruir da hospitalidade dela por mais catorze dias. Até lá, tomaria uma decisão. Eu quis beijar a mão dela, que é muito bonita, mas, de repente, pensei no que pretendo fazer a ela, e desisti.

Tenho a impressão de que meu comunicado a deixou alegre, provavelmente por causa de Jessika. Creio até que ela pense que considero meu dever partir por conta de Jessika e, por isso, sente gratidão por mim. Adeus!

Liu.

Jessika a Tatiana

Kremskoie, 29 de junho.

Minha tão querida e adorável tia!

Creio que em breve lhe farei uma visita. Os poucos dias em que você esteve aqui foram tão bons! Todos ficaram alegres e satisfeitos com a sua presença. Agora está horrível. Liu irá embora. Ele diz que tem de partir, pois se tornou evidente que é dispensável e porque mamãe não precisa mais dele. Contudo, no início, mamãe dizia que nunca se sentira tão segura quanto agora, pois Liu estava presente. Já papai nunca gostou da ideia e deve ter dito a ela que não queria manter essa situação por mais tempo. Você sabe que ele não gosta de pessoas estranhas por perto; até mesmo você, quando estava aqui, afetou os nervos dele. No fundo, com certeza mamãe está muito triste porque Liu vai embora. E se agora Velia e Kátia também partirem! Papai já está quase convencido de que o melhor seria eles irem para a universidade em Berlim ou Paris. Velia está muito feliz e, é claro, Kátia também. Não os invejo; eles gostam muito de viajar. Mas me deixe ficar com você, tia Tatiana, até voltarmos para a cidade. Depois de maio, que foi belo como nunca, sinto-me muito triste aqui sozinha. A atmosfera é por demais sufocante. Papai e mamãe vão concordar. Talvez faça bem a eles ficar sozinhos. Assim, papai poderá descansar da melhor maneira, e o trabalho a ser feito para os dois poderá ser tranquilamente realizado por nossos empregados, sem minha ajuda. Liu ainda não sabe para onde vai. Disse-me que, se for para São Petersburgo, lhe fará uma visita, se você permitir. Ele sempre fala com entusiasmo de sua beleza e inteligência. Quem não o faria? Eu o faço, mais do que todos!

Sua pequena Jessika.

Velia a Kátia

Kremskoie, 1º de julho.

Quer dizer, então, meu doce pardal, que sua crista ficou eriçada de raiva contra seu irmão, porque ele, cumprindo seu próprio dever, disse a verdade a você? Enquanto isso, ele trabalha pelo seu, pelo dele e pelo nosso bem-estar. Desde que papai se convenceu de que só poderemos obter uma instrução mais aprofundada se estudarmos por alguns semestres no Ocidente civilizado, o humor dele melhorou consideravelmente. Agora ele também acha melhor começarmos por Paris, que é mais superficial, para mais tarde avançarmos rumo à Alemanha profunda e filosófica. Partiremos em breve, pois papai compreendeu de repente que todas as nossas insuficiências derivam do fato de ainda não termos sido submetidos à influência da antiga civilização ocidental. Portanto, você tem de abandonar seus estudos de imediato e ajudar tia Tatiana a cuidar de nossos preparativos.

Liu partirá, talvez até antes de nós. Imagino que também vá a Paris se lá estivermos, embora ele não tenha confirmado nada a respeito. Costumamos sair de automóvel. Tive de dar à mamãe minha palavra de que o deixaria o mínimo possível sozinho com Jessika – uma promessa totalmente dispensável, uma vez que ele próprio não tem nenhuma vontade de ficar com ela. Por papai também tenho muita consideração: nunca mais toquei Wagner, pois isso o deixa nervoso. De resto, ele está bem melhor. Além do trambolho de sua máquina de escrever, agora ele tem nossa viagem para se distrair. Ele me dá instruções sobre quais trens temos de pegar, em quais hotéis devemos ficar, e quase tem a sensação de que poderia ir conosco. Seja grata a seu irmão, em vez de ficar amuada, que é um comportamento absolutamente infantil.

Velia.

Velia a Peter

Kremskoie, 1º de julho.

Caro Peter!

Seria perfeito se você fosse a Paris conosco. Minha mãe, que também concorda com nossa viagem, gostaria muito que você nos acompanhasse, pois ela o considera mais ajuizado do que nós; mas você tem de me prometer que não iniciará nenhuma ladainha apaixonada com Kátia. Sei que você não é disso. Obviamente, o que sente em seu íntimo não é da minha conta. Se suas aulas se encerrarem com a viagem, tanto melhor. Papai já tem aborrecimento suficiente; chega a dar pena. Podemos retomar nossas ideias quando voltarmos. De minha parte, eu bem que gostaria de fazer uma pausa. Em Paris, você também desenvolverá seu lado político. Já vejo você como um Robespierre maduro irrompendo na sagrada Rússia.

Seu eterno
Velia.

Lussínia a Kátia

Kremskoie, 2 de julho.

Minha filha querida!

Está decidido que você e Velia irão a Paris. Você está feliz, não está? Penso que vocês serão sensatos e não gastarão muito dinheiro. Afinal, vocês têm idade suficiente para saber qual é nossa condição e se comportarem de acordo com ela. Vocês têm o melhor pai do mundo, que nunca enriqueceu de maneira ilícita ou mesmo deselegante, como fazem muitos; por isso, espero que o honrem e amem ainda mais e tenham orgulho da relativa limitação de nossos recursos. Apesar de nossa condição, ele sempre foi pródigo em generosidade ao cuidar de vocês; não abusem de sua bondade. Ultrapassar certa medida lhe causaria não apenas preocupação, mas também sérias contrariedades. Dentro desse limite, minha querida, vocês sem dúvida aproveitarão muito bem sua liberdade e utilizarão os meios que lhes foram oferecidos para se formarem plenamente.

Imagino que Jessika, quando Liu e vocês partirem, irá para a casa de tia Tatiana. Seu pobre coração delicado ainda passará por muitas coisas. Lá, ela sofrerá menos do que aqui; por isso, não a impedirei de ir. Para o bem dela, é necessário que Liu vá embora. Sentirei falta da maneira inspiradora como ele fala e associa ideias óbvias a outras mais vagas e interessantes. Ele nunca deixa passar uma palavra dita por alguém; ao contrário, ele a intercepta e a desenvolve. Gosto muito dessa sua qualidade, mas o que mais aprecio é o fato de ele ter personalidade e ser alguém com intensa consciência de todas as coisas e uma vontade clara. Por outro lado, sinto-me aliviada por ele ir embora, e não apenas por causa de Jessika. Ele tem algo estranho e insondável que, algumas vezes, deixou-me muito perturbada. Seu olhar é peculiar, e talvez tenha sido graças a ele que Liu adquiriu tanto poder sobre Jessika. Seu ar enigmático atrai e, ao mesmo tempo, assusta. A bem da verdade, Liu não pertence à nossa família, e nem mesmo toda a sua sensibilidade para com as pessoas mais diferentes pode superar esse fato. Além do mais, ele é sonâmbulo. Não consigo esquecer isso.

Após todas as emoções deste verão, estou ansiosa por ficar a sós com papai. De fato, estou ansiosa; portanto, não se preocupem conosco. Vocês nos escreverão muitas cartas bonitas, e nós acompanharemos vocês em pensamento até a Mona Lisa, a Place de la Concorde e as fontes de Versalhes. Ocorre-me que nem precisaremos colocar o chapéu para isso, mas vocês precisarão de roupas e muitas outras coisas para a viagem. Muitas delas vocês comprarão em Paris, certamente mais elegantes e mais baratas. Se pelo menos vocês fossem mais práticos! Posso delegar essa tarefa a vocês? Em todo caso, algumas coisas vocês terão de levar daqui; por isso, ocupe-se disso agora. Afinal, você tem ao seu lado tia Tatiana, a melhor conselheira. Adeus, minha querida filha. Escreva em breve para seu pai, dizendo-lhe que está ansiosa para ir a Paris.

Mamãe.

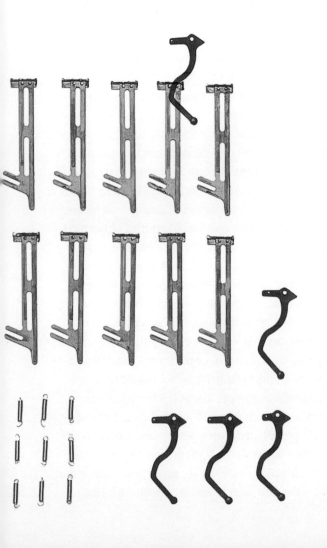

Kátia a Yegor

São Petersburgo, 4 de julho.

Caro papai!

É extremamente nobre de sua parte deixar-nos ir a Paris. Mas essa viagem também lhe trará algo bom, pois você se verá livre de nós. Talvez Peter vá conosco, o que me agrada bastante, pois ele é tão prático que, de fato, torna-se indispensável. Por exemplo, é capaz de consertar um automóvel, por mais complicado que seja o problema. Eis a razão específica pela qual Liu ia antes à cidade. Ele faz as vezes de carregador, chaveiro, tapeceiro, costureiro, cozinheiro e até faxineiro; o único problema é que seu gosto é um pouco antiquado. No momento, ele se mostra bastante reservado no que me diz respeito; parece até que não está mais apaixonado por mim. Realmente é uma pena, embora isso às vezes me incomodasse. No entanto, para a viagem, reconheço que é melhor que seja assim. De resto, continua sendo atencioso como antes. Ontem, fez uma belíssima encadernação de um livro para mim e uma chave para substituir a que eu tinha perdido, algo que tia Tatiana não deveria saber.

 Se Peter for conosco, economizaremos muito dinheiro, até porque ele está sempre atento. Devo voltar para casa e me despedir de vocês? Faço-o com muito prazer, mas, nesse caso, vocês têm de fazer Liu não estar em casa, pois não o suporto, e sua presença acabaria com minha alegria.

Sua pequena Kátia.

Lussínia a Tatiana

Kremskoie, 5 de julho.

Minha amada Tatiana!

Preciso lhe dizer que superei completamente meu humor melancólico. Como não dava para continuar daquele modo, houve uma reviravolta em mim. Muitas vezes, descobrimos verdades banais. A mim ocorreu o dito popular de que Deus ajuda os corajosos. Primeiro, tive de me esforçar para reprimir os pensamentos temerosos e ver o futuro com confiança, mas, depois de ter feito isso algumas vezes, de repente tive a impressão de ser portadora de uma força desconhecida e de transbordar de alegria. Em parte, isso também se deve, porém, ao fato de Yegor ter recuperado o bom humor desde que tomou a decisão de permitir que as crianças viajem a Paris. O que mais me dói é vê-lo deprimido e triste e não conseguir fazer nada para ajudá-lo. Neste momento, não vejo a hora de ficarmos a sós. Acho que, desde que as crianças vieram ao mundo, nunca ficamos completamente sozinhos. Ainda mais no campo, sem nada para fazer, em uma paisagem tão bonita! Agora, tudo tem de acontecer depressa; do contrário, as férias chegarão ao fim antes de eles partirem. Yegor também está ansioso, mas continua a dizer que não posso viver só para ele nem a vida dele, pois estou acostumada a me dedicar a muitas pessoas e a muitas coisas. Contudo, em seu coração, ele sabe muito bem que só estarei em meu elemento quando ficar sozinha com ele. Quando envelheceremos, afinal? Desde meus 20 anos, estou cada vez mais jovem – eu! Claro que não posso dizer o mesmo de meus cabelos e de minha pele.

Querida Tatiana! Você poderia ajudar minha pequena Kátia a providenciar o necessário para a viagem? Você tem muito bom gosto e discernimento. Se seu Peter fosse com eles a Paris, ficaríamos bem mais tranquilos. Embora ele seja apenas um pouco mais velho do que Velia, para mim seria como se meu filho viajasse com um mentor. Primeiro pensei em Liu nessa função, mas a rejeição de Kátia a ele é insuperável. E quando penso que no começo ela se mostrou entusiasmada com ele! Liu foi um oráculo para meus três filhos. Então, um belo dia ele a chamou de Katinka em vez de Kátia, e o encanto se acabou para sempre. Às vezes, meus filhos me parecem um pouco loucos. Só Deus sabe a quem puxaram. É claro, Tatiana, que não acredito que essa troca de nomes seja a única causa. Deve ter acontecido muito mais coisa entre as crianças. Ciúme ou algo parecido. No que se refere ao temperamento, Liu e Kátia combinariam muito bem, pelo menos mais do que Liu e Jessika; mas os opostos costumam atrair-se. Em todo caso, prefiro a rejeição, ainda que injusta, ao contrário. Também acho muito melhor que seja Peter a acompanhá-los na viagem. Sei que Liu ama e entende as crianças; ele tem algo que impressiona, é despachado e, nesse sentido, seria apropriado como guia. Mas creio que, às vezes, eu sonharia com ele entrando no quarto dela, sonâmbulo, parando ao lado da cama e olhando para ela com aquele olhar enigmático que lhe é peculiar.

Ah, Tatiana, preciso lhe contar uma coisa! Quando encontrei a carta ameaçadora debaixo de meu travesseiro, Liu disse que alguém na casa, hipnotizado por outra pessoa, poderia tê-la colocado ali, que isso era possível. Então, pensei em seu olhar enigmático e em seu sonambulismo, e ocorreu-me que ele próprio poderia estar possuído por uma vontade estranha e demoníaca. Na ocasião, essa ideia me pareceu tão horrível que não me senti em condições de conversar a respeito com ninguém nem de escrever sobre isso a você. Agora consigo sem nenhuma dificuldade e até dou risada. Recentemente, contei o fato a Yegor, e ele se divertiu tanto que agora sempre rio quando penso no assunto. Ele disse que, quanto mais disparatada fosse a história, mais disposta eu estaria a acreditar nela. Contudo, não acho tão impossível assim que algo parecido aconteça; do contrário, Liu não o teria dito.

Você está de acordo, querida Tatiana, que Jessika vá visitá-la? Se Peter partir, você ficará sozinha, e Jessika gosta muito da sua companhia. Ficaremos felizes se ela puder lhe ser útil.

Sua Lussínia.

Jessika a Kátia

Kremskoie, 6 de julho.

Querida maninha!

Não fique brava, mas é muito feio da sua parte não querer vir para cá enquanto Liu estiver aqui e, assim, expulsá-lo de casa. Ele não merecia isso de nós. Talvez você esteja pensando que ele agiu mal em relação a mim, mas isso não é verdade. Ele me ama, mas desde o início disse que não sabia se um dia poderia se casar comigo, pois é orgulhoso demais, e que eu teria de dar a meus sentimentos o caráter de amizade. É o que estou fazendo, e que mal há em ele ser meu amigo? Afinal, ele é amigo de Velia e foi de você, até você se comportar com tanta antipatia em relação a ele. Ele pode dar um jeito e passar o dia todo fora de casa quando você estiver aqui. No entanto, essa história também é constrangedora para o papai e a mamãe, e, como você tem tantas coisas boas pela frente, poderia muito bem ter um pouco de consideração nessas questões miúdas.

    Você fica brava, minha mosquinha, por eu lhe dizer essas coisas? Você há de convir que é raro eu lhe passar sermões. Seja como for, você fará o que bem entender. Agora, papai e mamãe estão bem, é adorável o modo como anseiam por ficar a sós. Às vezes, parecem um casal de noivos às vésperas do casamento, jovens, belos e secretamente extasiados. Fico feliz por esse ser o período de florada das rosas. Em algumas semanas, todas florescerão, e todos os dias mamãe poderá cobrir sua mesa com rosas, colocá-las nos cabelos e em todos os vasos.

    Jessika.

Velia a Peter

Kremskoie, 8 de julho.

Caro Peter!

Ontem me aconteceu algo estranho. Fui até o quarto de Liu para procurá-lo e, como ele não estava lá, esperei por ele. Sentei-me à sua escrivaninha e comecei a folhear despreocupadamente sua pasta com anotações. Então, vi um bilhete escrito à mão que chamou minha atenção. No começo, não entendi por quê – então, de repente me ocorreu que a caligrafia era a mesma ou muito semelhante à da carta ameaçadora que minha mãe havia encontrado embaixo do travesseiro dela. Imagine só, pela primeira vez na vida levei um susto enorme; tudo começou a girar ao meu redor. Nem sei bem o que me assustou tanto, mas, em um piscar de olhos, minhas mãos e minhas têmporas ficaram cobertas de suor. Provavelmente, em uma fração de segundo, meu inconsciente tirou uma série de conclusões que resultaram em susto. Saí no mesmo instante do quarto e tentei ordenar meus pensamentos. Juro a você: fiquei tão perturbado que não conseguia pensar com clareza. Quando Liu voltou, dei um jeito de nos sentarmos no quarto dele, tornei a folhear sua pasta, peguei o bilhete e disse, como quem não quer nada, que aquela caligrafia era muito parecida com a da carta ameaçadora. "Parece mesmo!", respondeu Liu, achando graça. "Acho até que poderia ser considerada a mesma. Tentei imitá-la de memória, para eventualmente conseguir chegar a uma pista de seu autor, mas seu pai não quer dar prosseguimento a esse assunto." De fato, papai rasgou a carta; ele sempre faz isso com missivas anônimas. Não acredito que isso possa ter acontecido comigo! Eu sabia que, no começo, Liu planejava descobrir quem tinha escrito a carta. Eu também sabia que ele se interessa muito por grafologia. No entanto, assim que ouvi sua voz e o vi, minha agitação me pareceu infantil. Mais tarde, tive vontade de lhe contar o que de fato tinha acontecido, mas, não sei por quê, não consegui. Ele nem desconfia e está feliz com seu sucesso. Afinal, é uma realização e tanto imitar de memória a caligrafia de maneira tão enganadora.

Digo a mim mesmo que minha tolice se justifica pela história da carta ameaçadora, que é para deixar qualquer pessoa um tanto nervosa. Se papai fosse diferente, creio que eu estaria de fato com medo, mas ele transmite tanta segurança que parece impossível alguma coisa acontecer-lhe. Afinal, esse tipo de história de terror é algo que se encontra, quando muito, em leituras de viagem, não na realidade. Certamente já ocorreram muitos atentados, mas papai diz que, de modo geral, ele não é tão odiado assim e que os parentes dos estudantes são pessoas instruídas, entre as quais não há que procurar por assassinos. Segundo ele, estava claro que a intenção dessa última carta ameaçadora era apenas intimidá-lo. Além do mais, qualquer um poderia adoecer ou morrer de repente, estamos sempre sujeitos à morte; não se deve dar atenção a esse tipo de coisa. Às vezes me pergunto se o destemor de meu pai é uma vantagem ou um defeito. Talvez ele apenas não tenha nenhuma imaginação.

Agora está de excelente humor. O trambolho da sua máquina de escrever se quebrou, e ele passa horas com Liu, tentando descobrir a causa. Liu dedica-se à questão com zelo e seriedade. Não entendi se ele o faz para agradar a meu pai ou porque realmente também está interessado.

Santo Deus, ficarei feliz quando estivermos em Paris. Aqui, não posso ajudar nem mudar nada. Não conte a Kátia sobre minha história com Liu. Papai diz que, na Alemanha, viaja-se muito bem na segunda classe. Seja feita a tua vontade, pai, desde que possamos viajar.

Velia.

Jessika a Kátia

Kremskoie, 10 de julho.

Kátia,

você não deve vir, em hipótese alguma, ouviu? Isso se já não tiver partido. Imagine que ontem o paizinho ficou gravemente doente. Teve cãibras, contorceu-se, e seu rosto ficou azulado. Foi horrível. Primeiro, Velia disse que ele estava bêbado, mas logo percebemos que era outra coisa. As camareiras disseram que ele estava com cólera e se comportaram de maneira indescritível; ninguém queria ficar perto dele. Liu assumiu as rédeas da situação, disse que não poderia ser cólera, pois teria outros sintomas, e que provavelmente era febre tifoide com algumas complicações. Prescreveu todo tipo de coisa e ficou com Ivan, embora papai e mamãe não tenham gostado nem um pouco da ideia, pois acharam que poderia ser algo contagioso. Mas Liu disse que não acreditava nisso; além do mais, não tinha medo algum e, por isso, não estaria suscetível. Ao voltar a si, Ivan continuou a fitá-lo com horror. Acho que ele não gosta de ter Liu ao seu lado, mas não ousou dizê-lo. Ao chegar, o médico disse que tudo o que Liu havia prescrito era adequado, que ele próprio não teria agido de outra maneira e também achava que se tratava de febre tifoide. Papai e mamãe não querem, de modo algum, que você venha por causa do risco de contágio. Nós já estamos aqui, não há o que fazer, mas você não deve se expor deliberadamente ao perigo. Acho que eles estão certos; afinal, você não poderá ajudar em nada, e mamãe ficaria preocupada, mesmo que a questão do contágio não seja grave. Por enquanto, Ivan não pode ser levado para a cidade porque está muito doente. Pobre paizinho! Velia sempre diz que é uma pena ele se encontrar nesse estado. De fato, ele gostava muito de vinho, e a aguardente já o deixava feliz.

Com certeza não verei você antes da viagem, minha pequena pirilampa! Mas nem terei a oportunidade de sentir sua falta, de tanta coisa que há para fazer agora!

Sua Jessika.

Liu a Konstantin

Kremskoie, 10 de julho.

Caro Konstantin!

Já enviei a máquina de escrever. Fica combinado que a explosão se dará quando a letra Y for pressionada. Como precisamos estar de acordo quanto a uma letra, que seja aquela com a qual se inicia o nome do governador. Está excluída a possibilidade de ele escrever uma carta sem utilizar essa letra. Por enquanto, a responsabilidade cabe a você. Estou feliz por me livrar dessa situação em breve, pois me sinto doente. Estou com uma febre nos ossos e adoraria me deitar, mas acredito que posso impedir o desenvolvimento de uma doença resistindo a ela. Já consegui fazer isso uma vez. O cocheiro Ivan tem um quadro grave de febre tifoide e ainda corre risco de vida. Como todos estavam tomados pelo pânico e pela desorientação – os empregados acharam que ele estivesse com cólera – e eu entendo um pouco dessas coisas, fiquei cuidando dele. O homem não me suporta, sente um temor indefinido ou certa rejeição em relação a mim; acho que, à maneira dos animais, ele percebe o perigo que represento para seu patrão. Tenho especial predileção por essas criaturas do povo, que são meio animalescas e vivem no inconsciente. Fiquei realmente feliz por cuidar dele e observá-lo. Talvez eu tenha me esforçado demais nos cuidados, pois, de todo modo, já estava indisposto.

Não seria nada bom se a doença me vencesse e eu fosse levado ao hospital em São Petersburgo, pois tenho de receber e preparar a máquina pessoalmente. No entanto, tenho certeza de que o sr. e a sra. Rasimkara me manterão em casa e cuidarão de mim, mesmo que eu me oponha a isso. Acima de tudo, conto com minha natureza saudável e minha força de vontade. Talvez já não dê para derrubar muros como Sansão, mas, pelo menos por um tempo, ainda consigo manter o corpo em pé quando ele estiver para cair. Em todo caso, aguarde outro sinal meu antes de agir.

Liu.

Lussínia a Tatiana

Kremskoie, 12 de julho.

Minha adorada Tatiana!

Com que rapidez muda o semblante das coisas, realmente mais rápido do que o céu nublado. Isso também é um lugar-comum que, de repente, acontece a nós como uma revelação quando vivenciamos sua verdade. Nosso bom e velho Ivan parece querer melhorar; pelo menos, o médico acha que, se a doença o levasse ao fim, já teria ocorrido uma piora considerável. Você sabe como somos apegados aos nossos empregados. Ter outros seria tão triste para nós quanto mudar de casa. Ver uma pessoa correndo risco de vida e, de certo modo, morrer é um sofrimento terrível para mim. De repente, dei-me conta de que esse é o destino de todos nós, de que a bala preta da morte poderia muito bem ter atingido a mim, ou talvez me atingir amanhã ou depois de amanhã, e de que um dia inevitavelmente vai me atingir. Então, posso ser tomada por um medo que é milhares de vezes pior do que a morte. Sim, ela parece ter passado por Ivan desta vez. Mas ontem à noite Liu teve de se recolher. Ele cuidou muito bem de Ivan e se expôs ao contágio, como se fosse algo natural. Nós o admiramos ainda mais, pois Ivan jamais gostou dele e jamais escondeu isso. Anteontem, Liu já não estava como de costume, mas, quando lhe perguntei como se sentia, ele respondeu que estava muito bem. Ontem, na hora do almoço, ele parecia febril. Yegor, que naturalmente não percebeu nada, disse que estava sentindo falta de sua máquina de escrever, à qual havia se habituado tanto, e que esperava que ela viesse logo. Então, Liu disse: "Ah, não diga isso! Eu preferiria que ela ficasse longe por um bom tempo!". Certa vez li a respeito de um ator famoso que, de vez em quando, embriagava-se antes de uma apresentação e ficava tão instável que achavam impossível ele conseguir atuar. No entanto, quando tinha de entrar em cena, ele se recompunha com uma força de vontade extraordinária e desempenhava seu papel de maneira admirável. Só raras vezes essa força diminuía um pouco, fazendo seu estado se manifestar. Pois bem, naquele momento, lembrei-me dessa história. Ele estava a ponto de delirar. Insisti que ele estava com febre e que deveria se recolher. Ele admitiu, mas afirmou que, nesses casos, a melhor coisa a fazer era se movimentar e, portanto, daria uma volta de bicicleta. Não houve meio de fazê-lo mudar de ideia. Ele saiu e voltou após três horas, banhado em suor e completamente esgotado. Depois, foi se deitar sem comer nada. Hoje, passou o dia na cama, exausto, mas a febre parece mesmo ter cedido. O médico que veio por causa de Ivan disse que, às vezes, esse tipo de tratamento pode, de fato, ser eficaz, mas não o prescreveria a ninguém, pois não é para qualquer um. Liu é mesmo uma pessoa extraordinária; está sempre nos surpreendendo.

 Querida Tatiana, não vejo a hora de ficarmos a sós! Gosto de cuidar de doentes e realmente fico feliz por poder fazer algo por Liu – muito pouco, na verdade, pois é impossível cuidar dele. Liu é o tipo de pessoa que só consegue dar; falta-lhe o órgão para receber. Como eu dizia, eu estava tão ansiosa para ficar sozinha com Yegor, e todos esses acontecimentos inesperados parecem um obstáculo traiçoeiro que se insinua entre nós e os almejados dias de férias. Velia e Jessika iriam hoje para a sua casa, mas não quiseram viajar antes de saber se a doença de Liu é grave ou não. Graças a Deus, esse perigo já passou – imagine o quanto isso intensificaria o amor no frágil coração de Jessika! Assim que puder ser transportado, Ivan será levado para o hospital e, até ele se recuperar, um homem de confiança, que já prestou serviço para nós várias vezes, ocupará seu lugar. Pensei em ir à cidade com Yegor para ver a partida das crianças, mas ele disse que havia tirado férias especialmente para cuidar da saúde no campo e que prefere não ser visto em São Petersburgo, pois poderia ser mal interpretado. Ele também acha que a despedida lá me afetaria muito mais, eu me comoveria muito, choraria e assim por diante. Sim, é bem provável que eu chore. Decerto eles ficarão fora por um ano, se não mais, do contrário não fará muito sentido. Um ano inteiro sem dois filhos! Se eu não tivesse Yegor ao meu lado neste momento! Além do mais, já não sou tão jovem para um ano me parecer um período longo. Ah, são apenas doze vezes trinta dias – realmente, nada além de um sopro! Estou muito feliz que Peter vai com eles. Vou mandar as crianças obedecerem a ele.

Sua Lussínia.

Velia a Kátia

Kremskoie, 12 de julho.

Minha pequena trombeta,

pode começar a ressoar, pois amanhã vou viajar. Ainda que você emita um toque de desaprovação, não fará mal, pois não o ouvirei e, portanto, não lhe será de nenhuma valia. Neste momento, não há melhor ação que possamos fazer pelo papai e pela mamãe do que partir em viagem. Já saiu uma notícia nos jornais sobre a "universidade vermelha". Nada de ruim poderá acontecer às pessoas; no máximo, os cursos serão cancelados, mas é claro que papai gostaria que não estivéssemos presentes. O paizinho ainda está vivo. Hoje já pediu uma dose de aguardente, portanto, parece estar se recuperando. Como não posso lhe dizer adeus por causa do risco de contágio, fiz para ele um poema de despedida. Começa assim:

Quase uma semana correu,
desde a última vez que paizinho bebeu.

E termina:

Se a mão fiel eu não puder lhe estender
antes de partir ao alvorecer,
de orar serei capaz,
para que melhore logo ou descanse em paz.

Li o poema para Liu, que ainda está de cama. Ele não conseguia parar de rir, embora ainda esteja muito fraco. Disse estar convencido de que Ivan me considerará o maior poeta da Rússia, e o poema, a representação de toda a poesia, e que invejava quem conseguia alcançar um enlevo espiritual apenas com ritmo e rimas simples. Liu gostaria de ir conosco a São Petersburgo, mas acha que ainda estará muito fraco para essa viagem, e mamãe também não quer deixá-lo partir. Portanto, você não o verá mais. Com seu amor por ele, Jessika é um bichinho tolo. Mesmo assim, recomendo que você, meu doce pardalzinho, seja delicada com ela, não chie nem dê bicadas. Ela parece uma gota de orvalho, que ao sol cintila como uma pedra preciosa, vibrante e cheia de vida, e, quando o sol se põe, perde o brilho e seca. Escrevo isso para que você veja que também sou capaz de me expressar de maneira poética. Ouça: Peter precisa providenciar charutos e cigarros para a viagem. Ele gosta de ter tarefas a cumprir.

Velia.

Liu a Konstantin

Kremskoie, 13 de julho.

Caro Konstantin!

Você não me escreveu para que a carta não caísse em mãos erradas caso eu estivesse em estado terminal ou morresse. Agora o perigo já passou. Se você não receber mais nenhuma notícia minha, faça a máquina de escrever ser enviada no dia 16 e me avise de imediato. A doença finalmente desapareceu, mas ainda estou muito cansado, tão cansado que gostaria de ficar mais uns dias na cama, sem pensar, sem outras imagens em meu cérebro além daquela da mulher de roupa escura e da moça loura que de vez em quando deslizam por meu quarto, inclinam-se sobre mim e conversam comigo com voz suave e gentil, ou daquela dos pinheiros e das bétulas, que posso ver pela janela aberta. Haverá algum dia alguém capaz de fitar a beleza sem tormento, sem a ferroada divina e abominável da alma?

Velia e Jessika viajam amanhã para São Petersburgo. Jessika ficará na casa da tia. Quando eu a revir, ela estará de vestido preto. Nesta noite, quando vi a lua brilhar palidamente, circundada por nuvens escuras, não pude deixar de pensar em sua cabeça loura sobre o vestido preto. Ah, isso é o de menos. Ela voltará a ter bochechas rosadas, a sorrir e a usar vestidos brancos. O fato de que tudo está fadado a passar e a ser compensado é a única tragédia da vida, pois assim é a vida, pois a vida configurada dessa forma é a única que podemos ter. Aguardo notícias suas.

Liu.

Lussínia a Kátia

14 de julho.

Minha caçula!

Hoje, Velia e Jessika vão partir. Eles ainda esperaram um dia por Liu, mas hoje finalmente o dissuadiram de assumir o esforço da viagem. Ele se levantou da cama, mas ainda está fraco. Decerto terá de permanecer aqui por cerca de três dias; portanto, você não o verá mais se partirem depois de amanhã. Jessika lutou bravamente com seus sentimentos. Não imaginei que ela fosse capaz de se superar tão bem. Hoje bem cedo, ela já estava no jardim, enchendo cestas de rosas, com as quais decorou a casa inteira. "Acho que é como uma casa preparada para um casamento", disse ela. Em seguida, acrescentou: "Mãe, devemos ter atrapalhado muito vocês por termos nascido um logo depois do outro, não?". Eu respondi: "Sim, se nós mesmos não fôssemos os culpados, talvez tivéssemos nos irritado um pouco". Seu irmão Velia, que estava chegando naquele momento, disse: "Meu Deus, o que você está pensando? Eles teriam se entediado terrivelmente sem nós". Jessika indignou-se: "Garoto arrogante! Graças à sua preguiça, você não falou antes dos 2 anos nem fez piadas antes dos 10". Bom, você pode imaginar a delicadeza com a qual trocaram farpas. Para não falar do rostinho tranquilo e pálido por baixo das antigas risadas infantis. Seja bastante carinhosa com ela no último dia, está ouvindo, meu amor? E não a magoe falando mal de Liu. Você é uma pirilampa jovem e tola demais para poder julgá-lo da maneira correta. Seja como for, ele é uma pessoa notável, e diante de pessoas notáveis é preciso ter a consideração de pensar o melhor delas e, em caso de dúvida, reprimir o próprio julgamento.

No que se refere ao chofer, que tia Tatiana sugere contratar no lugar do antigo auxiliar, papai ainda não decidiu, embora admita que talvez fosse mais cômodo para nós. Ele diz que não quer ter uma pessoa totalmente desconhecida em casa. Parece que o partido revolucionário costuma infiltrar sua gente nas casas, para obter informações privadas ou estabelecer contato com os serviçais. Ele não gostaria de ter um elemento suspeito entre nossos empregados, que são tão leais e confiáveis. Como papai não é dado a temores, esse cuidado deve ter sua razão de ser. Portanto, ficaremos com o velho Cirilo. Mais do que Ivan ele não bebe e, de acordo com papai, os beberrões são os que têm o coração mais fiel.

Receba meu abraço, filha amada! Que vocês três recebam meu amor e não briguem durante a viagem, você e Velia. Também não fiquem chamando um ao outro de "tolinho", "víbora" ou "cérebro de pardal" – eventualmente, o último ainda passa –, pois uma brincadeira pode se tornar coisa séria e, acima de tudo, esse é um hábito horrível, que pode escandalizar quem não conhece vocês. Além disso, cuide de Velia como se você fosse a irmã mais velha, mas sem deixar que ele o perceba. Tenho mais preocupação com ele do que com você, minha querida. Sei que você fará a coisa certa e será sensata.

Pois bem, agora sou uma mulher sem filhos! Mas tenho vocês bem juntos a mim em meu coração, onde vocês ainda são pequenos e gostam de ficar sentados em um quarto minúsculo, agarrados à sua mamãe.

Adeus!

Velia e Kátia a Yegor

São Petersburgo, 16 de julho.

Caro papai!

Quando Kátia leu na carta da mamãe o que você disse sobre os beberrões serem os que têm o coração mais fiel, ela não se conteve: "Estão vendo? Liu não é um beberrão! Ele bebia vinho apenas por causa da bela cor e do aroma!". Agora, sem dúvida se espalhará o boato de que você demitiu Liu porque ele nunca se embriagou. Você será amado pelo povo e constantemente rodeado por uma horda de cossacos cambaleantes, que serão seus guarda-costas voluntários. Ontem à noite, convencemos tia Tatiana a nos servir um vinho bem fino no jantar de despedida, e Peter, que estava para ingressar em uma associação de abstêmios, acabou adiando sua intenção até nossa volta.

Caro papai!

Velia só escreve tolices. É impossível viver com ele sem chamá-lo de "tolinho" ou "víbora" de vez em quando. Mamãe, você deveria tê-lo educado melhor desde o começo. Quanto à bebida, você está absolutamente certo, papai. Foi uma ideia despropositada, a de Peter, querer entrar em uma associação de abstêmios. Por que quem gosta de beber não deveria fazê-lo? Que tolice! Jessika diz que não há por que se preocupar com vocês, que os dois parecem jovens e felizes. Assim queremos imaginá-los enquanto estivermos fora. Tenho sido muito gentil com Jessika, mas ela é muito ingênua. Nossa carruagem está chegando! Amanhã, a esta hora, já teremos atravessado a fronteira. No caminho, escreverei para você uma carta bem longa, doce mamãe.

Kátia.

Liu a Konstantin

Kremskoie, 17 de julho.

Caro Konstantin!

Partirei amanhã cedo. Levarei o automóvel para São Petersburgo. De lá, irei para a casa de meu pai. Suponho que a máquina de escrever chegue hoje à noite. Eu não gostaria que ela chegasse antes, pois, nesse caso, provavelmente o governador pediria para usá-la de imediato. Os dois não veem a hora de ficar sozinhos; parecem crianças felizes. Mal sabem o que, na verdade, os espera – ah, meu Deus, o que esperar quando se tem a expectativa de viver um momento de exaltação do amor? O que achar disso?

A única coisa que poderia arruinar meu plano seria alguém além do governador usar a máquina, mas excluo essa possibilidade. Por medo do governador, as camareiras não ousam tocá-la, sobretudo depois que ela quebrou. Certa vez, ele chegou a proibi-las de espaná-la, dizendo que o faria ele mesmo. Também sei que ele a usará muito em breve, pois sempre tem algumas cartas para escrever. Além do mais, certamente vai querer experimentá-la após o conserto. Não vai levar mais do que um dia. Suponho que escreverá para os filhos. O que será de sua mulher? O melhor para ela seria estar ao lado dele, como, aliás, quase sempre está. Da próxima vez que eu for a São Petersburgo, quero ver você. Mas primeiro preciso de sossego.

Liu.

Lussínia a Jessika

Kremskoie, 17 de julho.

Jessika, minha florzinha, suas belas rosas já murcharam, antes ainda que a alegria de estarmos sozinhos tenha começado. No entanto, o jardim está cheio de rosas novas. Liu viaja amanhã bem cedo. Ele já se despediu de nós, porque partirá antes de nos levantarmos. Há pouco, quando estávamos voltando de um passeio, havia um homem à porta do jardim. Só o notei quando já estávamos bem próximos dele e, sem querer, assustei-me. Liu riu e disse: "Com certeza é o carteiro com a máquina de escrever". E, de fato, era. Olhei para ele com horror e admiração; então, ele riu de novo, e papai também. Era natural que ele adivinhasse, pois estávamos mesmo esperando que a máquina chegasse com a primeira correspondência. Imagine que papai não se precipitou para pegar a caixa, mas deixou que Liu a desembalasse. Agora, está sentado comigo, tocando lindamente piano, como ninguém mais no mundo sabe tocar. Talvez, enquanto isso, as flores de tília de sua voz estejam exalando seu perfume junto ao piano de cauda de tia Tatiana. Você decerto se lembra do que Liu disse sobre seu canto: ele é tão delicado que não se pode dizer que ressoa, e sim que exala um perfume. Neste exato momento, é como se eu estivesse ouvindo você, minha pequena adorável.

Ao se despedir de mim, Liu me fitou de novo com um olhar insondável. Fico feliz por não ter mais de encontrar esse olhar amanhã. Mas não se preocupe, preparei uma bela cesta de comida para ele levar na viagem e quero muito bem a ele. Se ele não fosse sonâmbulo, sem dúvida eu seria amiga dele. Imagine que, no final, o paizinho ficou fora de si ao saber que Liu estava indo embora antes de ele próprio se recuperar; disse que estava doente e frágil, por isso não contava, mas era preciso que um homem ficasse na casa. Então, papai respondeu, furioso: "Sou alguma cegonha, por acaso?". Ao ouvir isso, Ivan primeiro chorou, depois disse que nunca tinha considerado papai uma cegonha, mas que ele deveria ser protegido nesse momento. Segundo ele, não é possível proteger a si mesmo, assim como não é possível lavar as próprias costas. Papai perguntou a Mariuchka, que nos contou: "Quem lava as costas dele? Você?". Ela negou, indignada; portanto, não sabemos a resposta.

Boa noite, querida. Quando voltarei a decorar seus cabelos com rosas? Quem sabe em breve? As coisas belas chegam inesperadamente, de um dia para outro.

Sua mamãe.

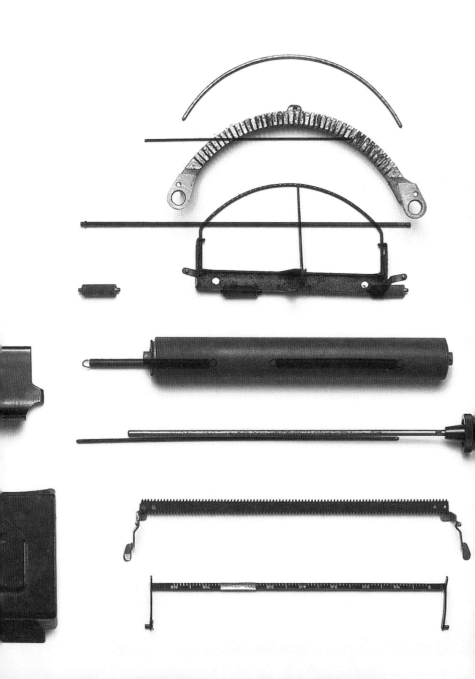

Yegor a Velia e Kátia

Kremskoie, 18 de julho.

Bem, crianças, que bobagem é essa a respeito da bebida? O que eu teria dito? Pessoas educadas devem ser comedidas, quanto a isso não há dúvida. Se um camponês russo não bebe, podem-se inferir teorias e cálculos, um pendor para algum tipo de aperfeiçoamento, e, quando o instinto animal é interrompido, à primeira vista nada bom entra em seu lugar. Portanto, se quiserem ser considerados pessoas educadas, vocês têm de ser comedidos. Nosso anjo da guarda partiu; no momento, não tenho mais ninguém além da mãe de vocês, sob cujas asas me sinto bem como nunca. Neste momento, ela está justamente se aproximando da minha cadeira, colocando o braço sobre meus ombros e fazendo a pergunta que já não é nova, mas que sempre gosto de ouvir: "Por que você está tão pálido, Y

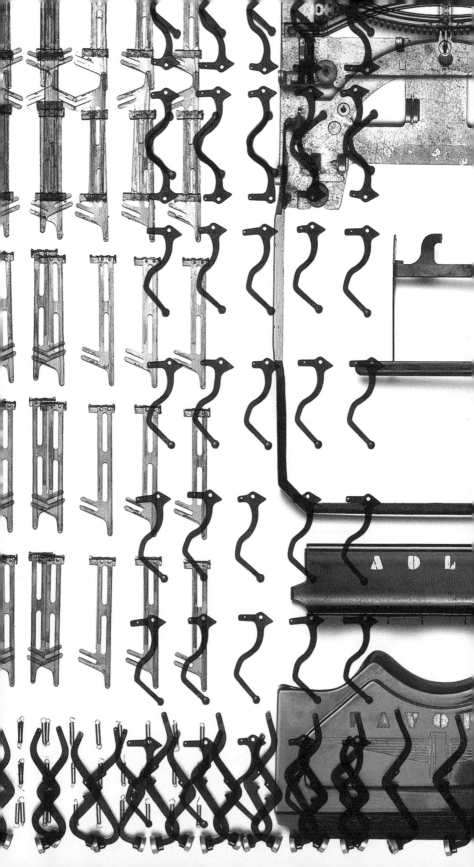

posfácio

Ricarda Huch: "Meu coração, meu leão"
Juliana Brina

"Nasci protestante, com uma tendência para revolução e rebeliões", escreveu Ricarda Huch em *Mein erstes Jahrzehnt* (Minha primeira década, de 1944), parte de suas memórias de juventude. "A palavra *rebelião* tinha para mim uma magia que me embriagava. Tudo o que era espontâneo me era simpático, tudo o que era oficial me era repugnante. *Liberdade* era a palavra mágica que abria meu coração de forma ilimitada."

Nascida em 18 de julho de 1864, em uma rica família burguesa alemã, a jovem Ricarda Huch ainda não sabia que a palavra *liberdade* daria o tom de sua vida e sua obra. Aos 22 anos, em 1887, em um tempo em que as universidades prussianas não permitiam que as mulheres se formassem, ela se mudou para Zurique, na Suíça, a fim de dar continuidade a seus estudos.

Ricarda completou seu *Abitur* (diploma de conclusão do ensino médio) por meio de aulas particulares, na Suíça, e foi aprovada nos exames para ingressar na Universidade de Zurique. Lá, ela estudou história, filologia e filosofia, e completou seu doutorado em 1892. A jovem Ricarda Huch, que se embriagava de palavras e rebeliões, ainda não sabia que seria uma das primeiras mulheres alemãs a cursar uma universidade e a obter o título de doutorado.

Em um tempo no qual o lugar da mulher era a casa paterna ou a casa do marido, Huch começou a trabalhar como bibliotecária, em Zurique, logo após sua formatura. Em 1896, tornou-se professora de uma escola para garotas, em Bremen. Na obra autobiográfica *Frühling in der Schweiz* (Primavera na Suíça, de 1938), Ricarda escreveu sobre seu breve trabalho como professora:

> Eu amava as meninas, mas era irritante ter de lhes ensinar algo. Naquela época, eu não tinha convicções firmes [...] o que eu tinha em mente era uma direção para a vida, para o belo, o grande, o real. Acima de tudo, eu queria viver e experimentar, e nisso a escola parecia me atrapalhar. Senti como se tivesse mergulhado em um mar calmo. Não havia mais o que desejar, nada pelo que lutar, nada a ousar.

Ainda na universidade, Huch publicaria uma peça de teatro (*Der Bundesschwur. Lustspiel mit Benutzung der historischen*

Ereignisse in der schweizerischen Eidgenossenschaft vom Jahre 1798 [O juramento federal. Comédia com o uso dos acontecimentos históricos da confederação suíça em 1798], 1890) e um volume de poemas (*Gedichte*, 1891), ambos sob o pseudônimo masculino Richard Hugo. O sucesso viria logo em seguida, com a publicação de seu primeiro romance, *Erinnerungen von Ludolf Ursleu dem Jüngeren* (Memórias de Ludolf Urslu, o Jovem), em 1893. Tal como o famoso *Os Buddenbrook: Decadência de uma família*, de Thomas Mann, publicado em 1901, a obra narra a história do declínio de uma família, e retrata, entre outros aspectos, a paixão de uma jovem por seu primo casado.

Entre a liberdade que ela tanto prezava e o decoro exigido de mulheres de sua classe e condição, Huch, mais uma vez, escolheria, no amor e na arte, a liberdade. O primeiro romance de Huch apresentava fortes traços autobiográficos, cuja publicação nada agradaria à sua família: tal como sua personagem, Huch, ainda aos 19 anos, em 1883, apaixonara-se por seu cunhado (e primo), Richard Huch, marido de sua irmã Lilly Huch. A paixão foi correspondida, e o relacionamento ocorreu de forma clandestina por alguns anos. "Eu tinha sacrificado minha consciência por uma ilusão", escreveria Huch sobre esse amor, mais tarde, em suas memórias.

Em 1897, ela se mudaria para Viena, onde viria a conhecer o dentista italiano Ermanno Ceconi, com quem se casaria no ano seguinte, em 9 de julho de 1898. O casal teve uma filha, Marietta, nascida em 9 de setembro de 1899, e a família mudou-se para Munique, em 1902. Entretanto, o casamento durou pouco tempo: em 1905, Huch retomou seu caso amoroso com Richard, então separado de Lilly. Em 1906, os Ceconi se divorciaram oficialmente e, após muitas reviravoltas, em 1907, Richard e Ricarda Huch se casaram. Ela tinha 43 anos. O casal se divorciaria poucos anos mais tarde, em 1911.

"Meu coração, meu leão, agarra sua presa", escreve Huch em um de seus poemas mais famosos, "[...] Meu coração vai odiar o que odiava/ Meu coração agarra sua presa [...]"[1]. Nada pode ser mais arriscado do que realizar um sonho antigo, e ninguém melhor do que Ricarda Huch – que, em sua obra, nunca subestima o papel dos instintos, do inconsciente e das

---

[1] Original: "*Mein Herz, mein Löwe, hält seine Beute fest, / [...] Mein Herz wird hassen, was es hasste, Mein Herz hält fest seine Beute [...]*".

paixões – para sabê-lo. Talvez esse seja um dos motivos pelos quais é tão difícil decidir a que gênero pertencem suas obras mais famosas. Quem as escreveu – uma romancista ou uma historiadora, uma poeta ou uma filósofa, conservadora ou radical, romântica ou realista? Ricarda Huch é, com frequência, muitas coisas ao mesmo tempo.

Sua obra em dois volumes sobre o Romantismo, *Blütezeit der Romantik* (O apogeu do romantismo, 1899) e *Ausbreitung und Verfall der Romantik* (A expansão e o declínio do romanstismo, 1902), é, a um só tempo, um documento histórico-cultural fundamental e uma obra de arte literária de inesperada beleza; um livro enciclopédico que, em muitos momentos, mostra-se repleto de humor; um clássico que atravessa muitos gêneros, mas não se demora em nenhum – e, como tal, é um documento que revela uma das maiores virtudes da autora: sua independência.

A ideia de que existe uma estreita relação condicional entre a compreensão do passado e a do presente perpassa a obra de Huch, em sua negativa de se definir e se fixar no tempo. "Agora percebi que, assim como alguém diz não poder compreender o presente sem conhecer o passado, também se pode dizer que, sem se conhecer o presente não se pode compreender o passado", escreveu Huch, em um discurso elaborado por ocasião do quinquagésimo aniversário de seu exame de doutorado, em 30 de maio de 1942.

A jovem Ricarda, com seu pendor para a liberdade, talvez ainda não tivesse consciência plena de que sua obra viria a se debruçar sobre líderes populares, anarquistas, e rebeldes – e, não raro, tomaria partido dos desfavorecidos e dos vencidos. Huch viria a publicar obras sobre a Guerra dos Trinta Anos, a Revolução de 1848, sobre Lutero, Wallenstein, Garibaldi, Lasalle e Bakunin.

Em 18 de julho de 1924, por ocasião do aniversário de 60 anos de Huch, Thomas Mann afirmou que ela era "não apenas a primeira mulher das letras alemãs", mas "provavelmente a primeira da Europa". Ricarda Huch se tornaria a primeira mulher a ser nomeada para o setor de poesia da recém-fundada Academia de Artes da Prússia, em 1926, e alcançaria sucesso em gêneros até então tradicionalmente dominados por homens.

Conta-se que a obra que o leitor brasileiro tem agora em mãos, *O último verão* (1910), foi escrita por Huch provocada por uma aposta feita em família, sobre se ela seria capaz de criar uma história detetivesca. Trata-se de uma novela que não apenas incorpora a tradição da ficção epistolar, como também a transforma criticamente. Lê-la é como abrir um baú repleto de cartas: à medida que as percorremos, somos atraídos cada vez mais para dentro do livro: ao contrário dos personagens que escreveram as cartas que o compõem, somos capazes de ver a história de diferentes pontos de vista, de modo que nos tornamos o vetor invisível, mas sempre presente, que mantém a trama unida.

Estamos no começo do século XX, na Rússia antes da Revolução. O governador de São Petersburgo, Yegor Rasimkara, agindo em nome do regime tsarista, ordenou o fechamento da universidade estatal, após um período de inquietação e protestos estudantis. Os estudantes revolucionários foram presos e seu julgamento deve começar no final do verão. Depois de receber ameaças de morte pelo correio, o governador se retira com a esposa e três filhos para sua residência rural.

Preocupada com a vida de Yegor, sua esposa, Lussínia, contrata um secretário para servir como seu guarda-costas. Liu é um jovem graduado em filosofia que logo cativa todos na família, especialmente os filhos do governador – o jovem Velia e as irmãs Jessika e Kátia. Entretanto, o perigo vem de dentro da casa: só o leitor sabe que Liu é, na verdade, integrante do grupo terrorista que trama a morte do governador.

A história é contada por meio de uma série de cartas escritas pelos vários personagens e organizadas em ordem cronológica: lemos as cartas enviadas por Liu ao seu cúmplice na conspiração, Konstantin; as escritas por Lussínia para sua irmã; e as enviadas pelos filhos uns aos outros, a sua tia e a seu primo Peter.

O estilo narrativo epistolar permite-nos ser o elemento estruturante central em torno do qual as peças do quebra-cabeça são lentamente montadas: como podemos ver a história através de múltiplas perspectivas, recebemos *insights* sobre os motivos e pontos cegos de cada personagem.

No início, Liu parecia firme em sua crença de que o governo era o "rebelde e bárbaro sem lei", e os revolucionários eram os que estavam do lado da justiça. Ele é muito crítico em relação ao estilo de vida da família: "a família inteira tem uma inocência infantil [...] No fundo, [...] se sentem sozinhos em um mundo que lhes pertence". À medida que lemos as cartas, nossos sentimentos em relação a Liu tornam-se inversamente proporcionais à confiança que ele consegue inspirar na família Rasimkara.

Aos poucos, porém, quando passa a conhecer melhor a família, Liu parece tornar-se mais moderado, e percebemos que começa a se sentir relutante em cumprir sua missão: "A família tem todas as qualidades e todos os defeitos de sua classe. Talvez nem se possa falar em defeitos; o deles é, sobretudo, o de pertencer a uma época que necessariamente passará, mas que eles querem impedir que evolua. É triste ver uma bela árvore velha fadada a cair para abrir espaço a uma ferrovia; ficamos junto à árvore como a um velho amigo e a observamos com admiração e pesar até sua queda".

O governador, no entanto, parece empurrar Liu rumo à sua missão: Yegor está convencido de que os estudantes revolucionários devem ser executados. A carta em que lava as mãos da culpa e responsabilidade pela morte dos estudantes é tão violenta e arrepiante quanto os planos de assassinato de Liu – e ambos equiparam o assassinato a algum tipo de superioridade moral e justiça.

Huch parece indicar que ambos estão certos e errados ao mesmo tempo – e deixa a nós, leitores, a responsabilidade por uma decisão final. O que há de "detetivesco" na trama – para lembrar a aposta familiar que deu origem à novela – talvez seja apenas isto: a busca do leitor por uma resposta moral para a questão. Eis o mistério que Huch talvez nos deixe em aberto. O que é o certo, o que é o errado? O que é o velho, o que é o novo?

As cartas são brilhantes em comunicar ao leitor precisamente aquilo que os personagens não podem ver ou sequer compreender no momento em que as escrevem: podemos notar os pontos em que eles se entendem mal, bem como os pontos em que se consideram imunes ao erro. Diferentes perspectivas sobre os mesmos eventos se sobrepõem, o que cria uma sensação de acumulação gradual de conhecimento que se torna ainda mais perturbadora pela constante falta de noção dos personagens sobre o que realmente está a acontecer. O verão está chegando ao fim, o julgamento dos estudantes se aproxima, e Liu deve decidir o que fazer e agir rapidamente.

Ao contrastar o que os personagens sentem e o que o leitor sabe, a autora cria, de forma magistral, um sentimento de tensão constante: uma sensação claustrofóbica de mal-estar nos sufoca sutil e gradualmente, como se sempre tivesse existido ali, à espreita, muito antes da chegada de Liu, sob a plácida vida doméstica da família Rasimkara, o elemento que ao mesmo tempo a constituiria e a destruiria. Sabemos o que vai acontecer, mas não há nada que possamos fazer: estamos presos no baú repleto de cartas, tal como os personagens estão presos em suas perspectivas e em seus pontos cegos.

A forma epistolar destaca o conteúdo da novela e é dele indissociável, mas também o implode: tal como Liu para a família Rasimkara, as cartas, por um lado, atuam a serviço da ilusão de que se podem estabelecer zonas de isolamento e proteção; e, por outro, conduzem à sabotagem inevitável dessa ilusão. E, como se tivessem sido, desde o início, endereçadas a nós, ou tivessem, ao menos, pressuposto nossa inevitável violação de correspondência, as cartas nos convidam a essa sabotagem.

Neste romance, Ricarda Huch aborda o tema da revolução, que lhe é tão caro, mas o faz de forma tal que a referência espaço-temporal à Rússia atua apenas como um ruído branco, um mero pano de fundo para a questão central da obra: uma situação de crise social, na qual há um embate entre as forças do passado e do futuro.

Em um poema muito conhecido, a autora escreve: "Penso em velhos jardins que, enterrados/ existem para sempre"[2]. Neste livro, podemos também perceber essa imagem de algo destruído que permanece naquilo que o destrói. A intenção de Huch não é retratar a situação revolucionária na Rússia especificamente, mas sim a situação revolucionária em si mesma – algo que pode existir a qualquer momento e em qualquer lugar. "O fato de que tudo está fadado a passar e a ser compensado é a única tragédia da vida, pois assim é a vida, pois a vida configurada dessa forma é a única que podemos ter", escreve Huch neste romance epistolar, com uma mistura poderosa de sangue-frio e melancolia.

Tudo está fadado a passar, pois assim *é a vida*: Huch ainda não o sabia, mas essa ideia viria a dar o tom de seus anos finais. Com a chegada de Hitler ao poder, Ricarda Huch tornou-se opositora ao regime nazista. Na primavera de 1933, quando Alfred Döblin, Franz Werfel, Jakob Wassermann e demais escritores judeus foram expulsos da Academia de Artes da Prússia, Huch reagiu de forma inequívoca. Em 9 de abril de 1933, ela escreveu ao presidente da Academia, o compositor Max von Schillings: "O que o governo atual prescreve como mentalidade nacional não é a minha germanidade. Considero não alemães e ameaçadores a

---

[2] Original: "*An alte Gärten denk ich, die versunken/ auf immer sind*".

centralização a coerção, os métodos brutais, a difamação dos dissidentes, e o autoelogio arrogante. Com uma visão que se desvia muito da opinião prescrita pelo Estado, considero impossível permanecer na Academia".

No livro *Römisches Reich Deutscher Nation* (Império romano, nação alemã), primeiro volume de sua obra sobre a história alemã (*Deutsche Geschichte*), publicado em 1934, no qual dedicara dois capítulos à situação dos judeus na Idade Média, Ricarda Huch afirmou que "nenhuma página da história da humanidade é tão trágica e misteriosa quanto a história dos judeus". E acrescentou, em clara referência ao regime então em vigor: "A perseguição aos judeus no século XIV despertou impulsos bestiais escondidos nas profundezas do povo alemão e revelou o heroísmo de que os judeus eram capazes".

À recomendação oficial de que deixasse o país, Huch respondeu com a independência que lhe era característica: recusou-se a emigrar, e viveu até o final da Segunda Guerra na Alemanha, em exílio interno. Em um ensaio escrito por ocasião do ano novo de 1946, ela escreveu: "Não nos enxerguemos como vítimas, mas como aqueles que estavam em conluio com o Inferno".

Após o colapso do Terceiro Reich, Huch começou a trabalhar em um livro acerca dos movimentos de resistência alemã ao nazismo. Em 1947, foi eleita presidente honorária do primeiro congresso de escritores de língua alemã, que reuniu em Berlim escritores das Alemanhas Oriental e Ocidental. Em uma carta a Marie Baum, datada de 16 de outubro de 1947, Huch afirma não ter nenhum talento para eventos como aquele, mas acrescenta que, ao subir ao púlpito, sentiu que "o elefante branco não era apenas olhado, mas também amado".

Ricarda Huch faleceu pouco tempo depois, em 17 de novembro de 1947, aos 83 anos, devido às consequências de uma pneumonia. Seu livro sobre a resistência alemã ao nazismo permaneceu inacabado, e foi publicado postumamente. No obituário que escreveu para ela, Alfred Döblin nos oferece um retrato incontornável dessa escritora embriagada por rebeliões e liberdade: Ricarda Huch "era orgulhosa demais para não ser corajosa".

Juliana Brina pesquisa e escreve sobre literatura, e fala sobre suas autoras prediletas no podcast Clássicxs Sem Classe.

Referências bibliográficas sobre a autora e sua obra

BRONNEN, Barbara. *Fliegen mit gestutzten Flügeln. Die letzten Jahre der Ricarda Huch: 1933-1947*, 2007.

BUDKE, Petra. *Schriftstellerinnen in Berlin 1871 bis 1945. Ein Lexikon zu Leben und Werk*, 1995.

DANE, Gesa; HAHN, Barbara (orgs.). *Denk-und Schreibweisen einer Intellektuellen im 20. Jahrhundert. Über Ricarda Huch*, 2012.

FOCKE, Wenda. *Die zerbrechliche Welt der menschlichen Angelegenheiten. Über Leben und Alterswerk europäischer Schriftstellerinnen Ricarda Huch, Virginia Woolf, Tania Karen Blixen, Marina Zwetajewa, Vittoria Colonna, Marguerite Yourcenar, Hannah Arendt, Simone de Beauvoir, Ingeborg Bachmann, Grete Weil*, 2005.

GABRISCH, Anne. *In den Abgrund werf ich meine Seele. Die Liebesgeschichte von Ricarda und Richard Huch*, 2000.

GOTTLIEB, Elfriede. *Ricarda Huch: ein Beitrag zur Geschichte der deutschen Epik*, 1914.

HOPPE, Else. *Ricarda Huch: Weg, Persönlichkeit, Werk*, 1951.

KOEPCKE, Cordula. *Ricarda Huch. Ihr Leben und ihr Werk*, 1996.

LEMKE, Katrin. *Ricarda Huch. Die Summe des Ganzen: Leben und Werk*, 2014.

LEOPOLD, Keith. "Ricarda Huch's Der letzte Sommer: An Example of Epistolary Fiction in the Twentieth Century". In: LEOPOLD, Keith (org.). *Selected Writings*. Manfred Jurgensen, 1985, pp. 69-90.

PETER, Hans-Werner (org.). *Ricarda Huch. Studien zu ihrem Leben und Werk aus Anlass des 120. Geburtstages (1864-1984)*, 1985.

RATZ, Alfred E. "Ricarda Huchs Der letzte Sommer: Individualismus und seine Grenzen". *Seminar: A Journal of Germanic Studies*, vol. 4, n. 1, mar. 1968, pp. 42-56.

VIERECK, Stefanie. *So weit wie die Welt geht. Ricarda Huch: Geschichte eines Lebens*, 1990.

ZIEGLER, Edda. *Verboten, verfemt, vertrieben. Schriftstellerinnen im Widerstand gegen den Nationalsozialismus*, 2010.

© Editora Carambaia, 2023

Título original: *Der letzte Sommer* [Stuttgart e Leipzig, 1910]

Crédito das imagens: Florian Klauer/Unsplash

CIP-Brasil. Catalogação na publicação
Sindicato Nacional dos Editores de Livros, RJ

H872u
Huch, Ricarda, 1864-1947
O último verão: uma narrativa epistolar de Ricarda Huch/
Ricarda Huch; tradução Karina Jannini; posfácio Juliana Brina.
1. ed. – São Paulo: Carambaia, 2023.
112 p.; 23 cm

Tradução de: *Der letzte Sommer*.
ISBN 978-65-5461-018-6

1. Cartas alemãs. I. Jannini, Karina. II. Brina, Juliana. III. Título.

23-84142   CDD: 836   CDU: 82-6(430)
Meri Gleice Rodrigues de Souza – Bibliotecária CRB-7/6439

PREPARAÇÃO Nina Schipper
REVISÃO Ricardo Jensen de Oliveira, Huendel Viana e Tamara Sender
PROJETO GRÁFICO Bloco Gráfico

DIRETOR-EXECUTIVO Fabiano Curi

EDITORIAL
Graziella Beting (diretora editorial)
Livia Deorsola e Julia Bussius (editoras)
Laura Lotufo (editora de arte)
Kaio Cassio (editor-assistente)
Lilia Góes (produtora gráfica)

RELAÇÕES INSTITUCIONAIS E IMPRENSA Clara Dias
COMUNICAÇÃO Ronaldo Vitor
COMERCIAL Fábio Igaki
ADMINISTRATIVO Lilian Périgo
EXPEDIÇÃO Nelson Figueiredo
ATENDIMENTO AO CLIENTE Meire David
DIVULGAÇÃO/LIVRARIAS E ESCOLAS Rosália Meirelles

EDITORA CARAMBAIA
Av. São Luís, 86, cj. 182
01046-000 São Paulo SP
contato@carambaia.com.br
www.carambaia.com.br

O projeto gráfico deste livro teve como ponto de partida a máquina de escrever, elemento essencial da trama. A reprodução de suas peças na sobrecapa, impressa em papel vegetal, permite a sobreposição das partes dessa máquina, resultando em um emaranhado gráfico. As fotos dessas peças também aparecem em algumas páginas internas na mesma escala da sobrecapa, como um quebra-cabeça que se monta aos poucos ao longo da leitura.

A tipografia dos títulos é a Gal Gothic (2022), de Daniel Sabino, cuja principal inspiração são os tipos sem serifa do começo do século XX, comuns em impressos da época em que se passa o romance epistolar. A tipografia de texto escolhida para as cartas, Lygia (2017), de Flávia Zimbardi, apresenta características caligráficas em seu desenho.

O livro foi impresso em Pólen Bold 90 g/m² na Geográfica, em julho de 2023.

Este exemplar é o de número

0357

de uma tiragem de 1.000 cópias